LA MALÉDICTION DES FOX

LES ENQUÊTES CROW, TOME 3

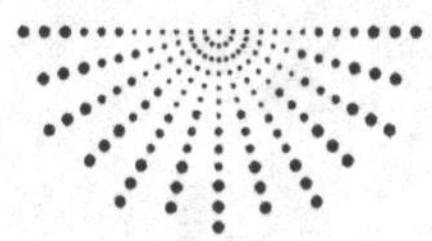

SARAH PAINTER

Traduction par
SYLVIE COHEN ET VALENTIN TRANSLATION

Siskin
Press

À mes chers lecteurs

CHAPITRE UN

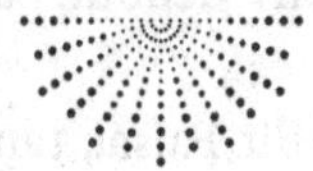

Lydia Crow avançait le long des rails inachevés du tunnel désaffecté, sa torche vacillait sur les parois incurvées, captant au passage le mouvement d'une créature furtive dans l'obscurité. Son guide était un employé de la gare nommé Faisal, qu'elle avait convaincu de l'aider en jouant avec sa pièce d'or et un peu de la magie Crow. Il bavardait à tort et à travers, très à l'aise dans ce monde souterrain poussiéreux où régnait une chaleur inattendue.

— Ce tronçon n'a jamais été achevé ni utilisé, mais nous aurons une petite surprise tout à l'heure, annonça-t-il.

Comme son compagnon, Lydia était équipée d'un gilet fluorescent et d'un casque, qui ne cessait de glisser. Son front moite était endolori à cause du frottement du plastique et elle mourait d'envie de le retirer, mais Faisal s'était mis dans tous ses états quand elle s'y était risquée, tant et si bien qu'elle avait craint qu'il ne se rebiffe et exige des éclaircissements.

Ce qui aurait été délicat à expliquer. Lydia avait « accepté » de travailler pour Paul Fox, même si accepter n'était pas vraiment le mot adéquat. Il serait plus exact de dire qu'il lui avait forcé la main. Quelle que soit la façon de formuler ce petit arrangement, elle se retrouvait en train de crapahuter dans les tunnels à l'abandon autour de la gare d'Euston sur la foi de rumeurs. Expliquer à Faisal pourquoi il devrait d'abord l'accompagner sur les lieux avant d'appeler la police impliquait de révéler son aptitude à percevoir les pouvoirs des quatre familles magiques de Londres ; des histoires à dormir debout, à en croire l'opinion publique.

— Nous y sommes, dit Faisal, tandis que le tunnel obliquait à droite.

Après le virage, il s'ouvrait sur un espace plus large, surélevé d'un côté où son guide se hissa. Il se retourna et tendit la main à Lydia pour l'aider à grimper.

— C'était censé être un quai si les travaux avaient été terminés, indiqua-t-il. C'est par là.

Un passage voûté aménagé dans le mur débouchait sur une salle curieusement familière, qui était éclairée. Lydia éteignit sa torche en clignant des yeux, éblouie par la clarté soudaine. La lueur électrique illuminait le carrelage mural blanc et bleu des couloirs du métro qu'elle avait l'habitude de parcourir au pas de charge. Les carreaux présentaient différents stades de décomposition, la brique grise apparaissant là où ils étaient tombés ou avaient été volés comme souvenirs.

Faisal désigna du doigt une affiche déchirée du film *Psychose*.

— Pas mal, hein ? s'exclama-t-il avec enthousiasme. L'endroit était utilisé jusqu'en 1961, ensuite on l'a fermé.

— Pourquoi ce secteur est-il éclairé ?

— On organise parfois des visites guidées, mais c'est surtout pour permettre l'accès à la maintenance. On doit s'assurer que l'endroit ne s'effondre pas, ajouta-t-il avec un petit sourire en coin.

Lydia se félicita de porter un casque.

— On peut aller plus loin ?

— Bien sûr. Vous voulez voir quelque chose en particulier ?

Lydia n'avait aucune envie de voir quelque chose de suspect, de dangereux ou de dramatique. Elle n'avait qu'une idée en tête : inspecter les souterrains, informer Paul Fox qu'elle n'avait rien trouvé d'anormal et en finir au plus vite et sans encombre. Paul ne pourrait rien trouver à redire. Les Fox étaient tracassiers, c'était connu, mais elle savait que Paul tiendrait parole. Il n'était pas assez stupide pour chercher des crosses à une Crow.

Faisal plissa le front, comme en proie à une intense réflexion.

— Que cherchez-vous au juste ? C'est un projet ? Ou un... Et au fait, qui êtes-vous exactement ?

Lydia sortit sa pièce d'or et la lança à toute volée. Les yeux légèrement vitreux, tétanisé, Faisal contempla la pièce qui tournoyait très lentement en l'air. Satisfaite, Lydia l'empocha et posa une question anodine sur le système d'éclairage, histoire de détourner la conversation pendant qu'ils poursuivaient leur exploration souterraine.

Faisal se détendit et reprit son rôle de guide.

— La gare a d'abord été construite sur des terrains agricoles, et on l'a agrandie quelques années plus tard. C'était au XIXe siècle, à l'époque victorienne.

Lydia l'encouragea d'un signe de tête. Tant que Faisal bavardait, il pensait à autre chose.

— On a annexé le cimetière d'une église, poursuivit-il en agitant les sourcils de manière suggestive. St James. Des tas de corps ont dû être déplacés, enterrés ailleurs, mais d'autres sont restés là. Vous imaginez ?

Ils dépassèrent un pan de maçonnerie de briques grises, une ancienne issue murée à la fermeture d'un autre tunnel, le plan ayant été modifié au nom du réaménagement et du progrès. Un peu plus loin, Lydia éprouva une drôle d'impression. Une sorte d'éclair au fond de sa conscience. Elle s'immobilisa, puis recula lentement jusqu'à une surface carrelée. De gros câbles couraient au-dessus de sa tête, mais la lumière ne faiblissait pas. Cette portion de mur ne présentait aucune caractéristique qui la différenciait des autres. Le phénomène se reproduisit. Un éclat de fourrure rouge. Un goût de terre et de sang au fond de sa gorge. Un renard. Un Fox.

— Qu'y a-t-il derrière cette cloison ?

Faisal fronça les sourcils et regarda à gauche et à droite comme s'il cherchait à s'orienter.

— Un couloir de ventilation, je crois.

— On peut entrer ?

Faisal acquiesça.

— Par ici, dit-il en la précédant dans un nouveau corridor, puis un autre.

Désorientée, Lydia s'efforça de ne pas paniquer. Si Faisal la laissait tomber, elle risquait d'errer dans ce dédale pendant des jours avant de retrouver son chemin.

Son guide ouvrit une porte latérale et ils se retrouvèrent dans un boyau circulaire obscur, percé d'un passage étroit et entouré de murs constitués de poutrelles métalliques. Quelques ampoules nues enfermées dans des cages en fil de fer pendaient du plafond, trop espacées pour éclairer correctement. Lydia toussa à cause de la poussière, avant de comprendre qu'une odeur de terre saturait l'atmosphère. Elle avança de quelques pas, essayant de localiser l'endroit précis où elle avait détecté un Fox. Aussitôt, des émanations d'humus, de sang, d'os, de fourrure et de griffes la prirent à la gorge. Elle distingua une mince silhouette rousse pourvue d'une queue à l'extrémité blanche, qui se frayait un passage à travers les arbres, et se retrouva soudain nez à nez avec une paire d'yeux jaunes.

Lydia recula en trébuchant et tendit la main pour retrouver son équilibre. Le contact froid du mur la ramena à la réalité. Elle n'était pas dans un bois ni en sécurité dans un terrier, mais dans un tunnel de métal glacé. Sous terre, dans un environnement industriel qui lui blessait les pattes. Elle se secoua, tâchant de se ressaisir. Elle avait mal aux *pieds* ! Il n'était pas question de fourrure ni de queue couleur de feu, mais d'ailes noires et de bec acéré. Il lui suffit d'y penser pour que la pièce de monnaie se matérialise aussitôt dans sa main droite. Elle referma les doigts et se sentit réconfortée.

— Ça va ? questionna Faisal, l'air inquiet.

— Très bien, mentit Lydia.

Elle s'enfonça plus loin dans la galerie, utilisant sa torche pour compenser l'éclairage insuffisant. Le tunnel grimpait en arc de cercle, comme s'il contournait une petite colline, de sorte que la visibilité était limitée à un mètre ou deux. Elle percevait de puissants relents de renard que, par chance, elle parvenait à surmonter. Elle étreignit la pièce pour garder les pieds sur terre et l'esprit clair. L'odeur se renforça et une sonnette d'alarme retentit dans son esprit.

— Il y a quelque chose là-haut, prévint-elle. Je ne crois pas que vous supporterez ce spectacle.

Faisal sourit, croyant à une plaisanterie, et se rembrunit quand il comprit qu'elle était sérieuse.

— Que voulez-vous dire ?

— Je ne sais pas. Je ferais mieux d'aller voir.

— Certainement pas, protesta-t-il.

Lydia lut des questions muettes dans ses yeux. Elle haussa les épaules.

— Comme vous voudrez.

Quelques mètres plus loin, elle aperçut ce qu'elle redoutait de trouver. Elle entendit Faisal jurer en cherchant son talkie-walkie, les téléphones portables étant inutilisables à cette profondeur.

Elle s'approcha du corps et vit un jeune homme en jean adossé au mur du tunnel, la tête inclinée, les jambes étendues devant lui. Elle décela une faible odeur de décomposition masquée par les effluves musqués du renard. Il avait la rigidité cadavérique et dégageait l'impression de néant absolu dont elle avait gardé le souvenir de son expérience précédente. Songeant à Fleet et à la procédure qu'il affectionnait, elle s'accroupit et vérifia son pouls. Il était bien mort. Et comme elle le soupçonnait, il s'agissait d'un membre des Fox, probablement la lignée principale.

Faisal parlait toujours dans sa radio. Lydia pensa le tranquilliser par magie, puis se ravisa. Elle devait se concentrer. Le défunt avait de longs cheveux gras brun foncé, qui masquaient son visage tel un rideau. Lydia sortit son téléphone et prit plusieurs photos. Puis, avec un crayon qu'elle tira de sa poche, elle repoussa quelques mèches pour révéler ses traits. Âgé d'une trentaine d'années, il avait la peau bronzée, le regard noisette clair, le front marqué de cicatrices d'acné et une barbe naissante. Ses yeux grands ouverts fixaient le vide. Lydia sentit une sueur froide couler le long de sa nuque et s'avisa qu'elle ne pouvait l'examiner plus longtemps. Elle laissa retomber ses cheveux et observa sa posture.

— Qu'est-ce que vous faites ? intervint Faisal, la mine dégoûtée.

Elle ne perdit pas de temps en explications. Elle devait découvrir tout ce qu'elle pouvait avant que d'autres n'arrivent et ne la chassent de là. Elle songeait déjà au rapport destiné à Paul Fox.

Elle enfila des gants en latex et fouilla les poches du jeune homme. Rien. Ni argent, ni portefeuille, ni clés, ni de titre de transport. Pas même un mouchoir ou un paquet de chewing-gum.

Faisal l'attrapa par le bras.

— Vous ne pouvez pas faire ça ! s'exclama-t-il.

Lydia leva les yeux, puis les baissa lentement sur sa main.

— Les secours sont en route, dit-elle. Vous devriez aller à leur rencontre.

Faisal avala difficilement sa salive avant de la lâcher.

— D'accord.

Il recula, fit demi-tour et disparut dans le passage.

Lydia se pencha à nouveau sur le cadavre, quand elle crut percevoir un mouvement. Elle sursauta, le cœur battant, l'adrénaline affluant. Elle fixa le corps, guettant un nouveau soubresaut. L'homme était mort. Il n'avait pas pu bouger. Peut-être s'agissait-il des contractions post-mortem, un phénomène naturel ? Ou des insectes grouillant sous ses vêtements ? Elle réprima une soudaine nausée. Elle n'allait pas s'affoler. Elle était une détective professionnelle. Une Crow.

Soudain, une porte claqua et des pas résonnèrent dans le tunnel, derrière elle. Elle tourna la tête vers l'origine du bruit, puis revint vers le corps. Un homme aux longs cheveux bruns et aux yeux noisette étrangement clairs se tenait devant elle.

CHAPITRE DEUX

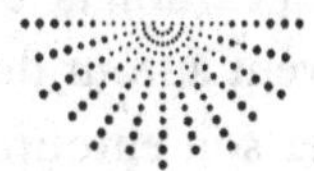

Lydia recula d'un pas, elle retint un cri et émit une sorte de couinement étouffé.

L'homme grimaça de colère et se rua vers elle avec des mains avides. Elle écarta les bras, sur la défensive. En même temps, son cerveau analysait à toute vitesse la situation et elle dut se rendre à l'évidence. L'individu était partiellement translucide. Ce n'était pas un être revenu à la vie, mais plutôt son ombre. Son corps réel reposait par terre, pendant que son fantôme se superposait à lui, ses jambes semblant avoir disparu dans le corps inanimé.

— Je peux vous aider ? proposa Lydia.

Il remua les lèvres, mais aucun son n'en sortit.

— N'ayez pas peur, reprit-elle, essayant de rassurer à la fois le spectre et elle-même. Je ne vous veux aucun mal. Tout va bien.

Il contempla ses bras avec stupeur, sa colère ayant laissé place à une totale incompréhension. Lydia l'imagina terrifié par ce spectacle. Il devait avoir compris qu'il était un spectre. Elle ne savait pas le réconforter, l'aider à se matérialiser suffisamment pour communiquer. S'il pouvait partager les circonstances de sa mort, cela simplifierait les choses. Si seulement Jason était là, à ses côtés, pour lui servir de guide.

Le fantôme la dévisagea avec insistance. Les yeux écarquillés, il s'avança et l'empoigna de ses mains désincarnées. Lydia eut l'impression de plonger dans une brume glacée qui se solidifiait à grande vitesse. Elle se débattit avec l'énergie du désespoir. Les doigts du spectre, gagnant en consistance, se resserrèrent autour de sa gorge. Elle regretta son aptitude à revitaliser son entourage grâce à la magie, la force vitale ou l'énergie qui animait les âmes des disparus. Elle agrippa ses poignets pour se libérer.

— Arrêtez, je suis de votre côté, s'écria-t-elle avec l'autorité d'une meneuse.

Ses paroles moururent sur ses lèvres quand il ôta ses mains de son cou et se glissa en elle. Elle ressentit un froid glacial et un désespoir abyssal. Un néant absolu, infini. Ne tenant plus debout, elle trébucha et s'écroula sur le sol. Elle voyait des étincelles de lumière, tandis que sa vision se brouillait ; elle était incapable d'aligner deux pensées cohérentes. Manque d'oxygène. Elle cessa de respirer. C'était inutile.

Elle entendit des bruits de pas et des voix, et reconnut celle de Faisal qui parlait d'un ton urgent. Ses mains la saisirent et il la secoua, essayant de la ramener à la réalité.

— Lydia !

Elle sentit des gouttes de salive sur sa peau, la chaleur des mains qui l'agrippaient, dissipant le froid qui l'engourdissait. L'horrible idée que le fantôme avait pris possession d'elle la hantait. Au prix d'un effort colossal, elle tenta de matérialiser sa pièce de monnaie, qu'elle se représenta mentalement : un corbeau en plein vol, la lumière scintillant sur le métal doré dans l'obscurité du tunnel.

Soudain, elle apparut sur ses phalanges et sentit son corps se réchauffer peu à peu. Elle inspira profondément, ses poumons privés d'oxygène absorbèrent avidement l'air. Elle jongla avec la pièce qu'elle fit rouler d'un doigt à l'autre.

Un cri retentit dans sa tête. Ce n'était pas sa voix. Puis le bruit se dissipa.

Le fantôme se retira et disparut comme il était venu. Lydia ne le vit pas s'évaporer dans le tunnel, ni s'élever dans les airs. Encore sous le choc, elle doutait de la fiabilité de ses facultés.

LYDIA TRAVERSA LA SALLE BONDÉE DU RESTAURANT ET MONTA à l'étage, regrettant de ne pas s'être servi un bon café au comptoir. Elle referma la porte de son appartement, faisant également office de bureau, se dirigea vers la cuisine, brancha la bouilloire et dénicha un pot de poudre instantanée. Après avoir absorbé une bonne dose de caféine, elle s'installa sur son lit, emmitouflée dans l'édredon, son ordinateur portable sur ses genoux, et se sentit redevenir elle-même. Elle tremblait toujours de froid, mais elle avait de nouveau les idées claires.

Les employés du métro et la police des transports l'avaient assaillie de questions. Elle avait répondu avec sincérité, omettant naturellement l'épisode du fantôme et le véritable but de sa présence. Elle avait laissé entendre à Faisal qu'elle travaillait sur un article, utilisant sa pièce fétiche pour le convaincre. Elle s'en était tenue à sa version des faits, malgré le scepticisme manifeste de l'officier.

— Il s'agit d'une reconversion professionnelle ? demanda-t-il.

Lydia haussa les épaules.

— Mieux vaut diversifier ses revenus de nos jours. Le travail indépendant est précaire, j'ai donc intérêt à avoir plusieurs cordes à mon arc…

— Vous avez reçu une avance pour cet article ?

— Non, c'est un sujet que j'ai choisi. Je le proposerai une fois terminé.

Il la gratifia d'un regard scrutateur. À l'évidence, il ne croyait pas un mot de ce qu'elle racontait, puis il griffonna quelque chose sur son calepin. Fleet lui avait expliqué que, pour un policier, consigner méticuleusement les faits avait une double fonction : suivre la procédure et mener l'enquête avec une parfaite objectivité. En outre, c'était la meilleure façon de désarçonner un prévenu. Dans un monde numérique, un simple crayon et un carnet pouvaient s'avérer très intimidants. Ce qui était le but recherché : effrayer les suspects comme les témoins pour accéder à la vérité.

Lydia alluma son ordinateur et se mit à consigner ses observations dans le tunnel. Après une vingtaine de minutes, elle se sentit mieux et put respirer normalement. Elle relut ses notes et se détendit. L'incident était clos, et même s'il comportait encore des zones d'ombre, elle avait accompli l'essentiel.

— Toc toc ! fit Jason en entrebâillant la porte.

Lydia éteignit l'écran.

— Tu tombes bien. Je voulais justement te parler.

— L'odeur dans ma chambre me dérange.

Lydia avait repeint les murs pour couvrir ses gribouillages mathématiques au feutre de couleur, l'odeur persistait malgré l'aération constante.

— Je sais. Désolée. Comment trouves-tu tes nouveaux cahiers d'exercices ?

— Ce n'est pas la même chose. Je préfère les grandes dimensions. Tu pourrais me procurer des feuilles format A2 ?

— Entendu.

Elle décida de commander en ligne. Elle était prête à tout pour l'empêcher de reprendre ses vieilles habitudes, surtout avec Fleet qui s'était pratiquement installé chez elle. Il était hors de question qu'il découvre les murs barbouillés de formules mathématiques, d'autant qu'elle répugnait à l'idée de cacher la vérité à l'homme qui partageait sa vie.

— Un incident bizarre s'est produit aujourd'hui, déclara-t-elle.

— Un seul ?

Elle sourit à la remarque.

— Curieusement, oui. Je suis descendue dans les tunnels d'Euston, tu vois ?

Jason fit la grimace. Il désapprouvait la collaboration de Lydia avec Paul Fox. Il n'avait pas tort, mais elle n'avait pas trouvé une autre solution pour se sortir de ce pétrin. Paul savait qu'elle avait dénoncé Maria Silver pour meurtre. Si Alejandro Silver, le père de Maria et le chef du clan, l'apprenait, Lydia serait en danger. Et la trêve fragile entre les quatre familles magiques de Londres pourrait alors être rompue. Les Crow et les Silver étaient alliés de longue date ; qui pourrait prévoir les conséquences si cela cessait ?

— Que s'est-il passé ? s'enquit Jason.

— Il y avait un cadavre.

— Un meurtre ?

Lydia se remémora la scène.

— Je ne sais pas. Aucune blessure apparente. Il était accroupi par terre, comme s'il s'était adossé au mur pour se reposer. Il se trouvait dans un des tunnels de ventilation accessibles au public lors de visites guidées. Ils sont désaffectés depuis les années soixante.

— Nous aurons le rapport d'autopsie ?

Lydia acquiesça. Il y avait quelques avantages à sortir avec un flic, même si leur relation était un peu compliquée.

— Je peux le demander.

Jason s'assit en position de lotus au bord du lit. Comme toujours, il portait le costume gris des années quatre-vingt, celui du jour de son mariage et de sa mort. Le malheureux était condamné à ressembler à un membre du groupe Wham pour l'éternité !

— Quel enfoiré ! s'exclama-t-il.

— Qui ça ?

— Paul Fox, répondit-il, comme si c'était évident. Je parie qu'il savait ce que tu découvrirais là-bas. C'est sûrement lui le responsable. Je t'avais dit de de ne pas accepter ce job.

Le défunt était un Fox et Lydia une Crow. La fille du véritable chef de famille, Henry Crow, qui avait abdiqué ses prérogatives afin de l'élever à l'écart du monde. Même si la magie des familles avait diminué, Lydia aurait dû en hériter d'une part. Cependant, elle avait toujours pensé être l'outsider, sans pouvoir réel, bien que capable de détecter la magie des autres. Elle décelait instantanément la présence d'un Pearl, d'un Fox, d'un Silver ou d'un Crow. Elle pouvait capter la saveur de leur magie, même altérée ou diluée au fil du temps. En réalité, elle possédait une capacité particulière : elle pouvait amplifier le pouvoir des autres par simple contact. C'était du moins sa théorie. Avant de cohabiter avec elle, Jason était un esprit intangible et muet. À présent, il pouvait même préparer du café. Qui n'avait de café que le nom, mais tout de même…

Jason semblait perdu dans ses pensées.

— Paul aurait bien pu le tuer observa-t-il.

Lydia frissonna.

— Je sais.

— Désolé, s'excusa Jason en s'écartant.

L'un des effets secondaires de son état était de refroidir l'atmosphère. L'air conditionné gratuit, en quelque sorte.

— Tu n'y es pour rien. J'ai froid depuis que je suis sortie du tunnel.

Jason bondit et alla chercher le sweat à capuche qu'elle avait laissé sur une pile de vêtements, entassée sur une chaise dans un coin de la pièce.

— Merci, dit Lydia en l'enfilant, avant de s'enrouler plus étroitement dans la couette.

Elle n'arrivait pas à se réchauffer. Comme si un bloc de

glace pesait sur son estomac, refroidissant tout son être. L'angoisse et le vide qu'elle avait ressentis dans le souterrain ne la quittaient pas non plus.

Le café n'ayant pas fait d'effet, elle décida de se mettre au whisky.

— J'ai vu un fantôme, déclara-t-elle

Jason se rapprocha d'elle. Sa silhouette vibrait légèrement, signe avant-coureur d'un début de migraine. Ce phénomène survenait en cas de stress ou de forte émotion, ou encore quand son lien avec Jason s'affaiblissait.

— Comment ça ?

— Il est apparu soudain au-dessus du corps. J'ai essayé de lui parler, sans succès.

— J'aurais bien aimé être là.

— Et moi donc ! Il s'est introduit en moi.

— C'est-à-dire ?

— Comme s'il s'était infiltré dans mon corps. C'est difficile à expliquer et ça semble même un peu effrayant.

— Il est toujours là ?

Lydia secoua la tête.

— Non, heureusement ! Mais depuis, je suis frigorifiée.

— Pas étonnant. Comment s'y est-il pris ? Est-ce qu'il me ressemblait ?

— Pas vraiment. Il était plutôt translucide. Je pouvais voir à travers lui.

— Tu lui as parlé ? Il est resté longtemps ?

— J'ai essayé, mais il ne m'a pas répondu. Il m'a simplement… envahie.

Lydia omit de mentionner l'expression du visage du fantôme. Jason semblait déjà suffisamment perturbé, comme s'il se sentait personnellement concerné. Ce qui était compréhensible, mais inutile.

— Un autre fantôme, murmura-t-il. Et si j'essayais de lui parler ?

C'était peut-être une bonne idée, mais il y avait deux

problèmes. D'abord, Jason était incapable de se déplacer. Ensuite, le fantôme avait disparu et elle n'était pas sûre qu'il reviendrait. Elle avança la seconde explication.

— Tu pourrais vérifier, suggéra Jason. De toute façon, tu vas continuer ton enquête, non ?

— Je ne sais pas. J'ai fait ce que Paul m'a demandé. J'ai rempli mon contrat.

Oui, mais tu as trouvé le cadavre d'un Fox. Tu penses bien que ça ne va pas s'arrêter là !

Il n'avait pas tort.

CHAPITRE TROIS

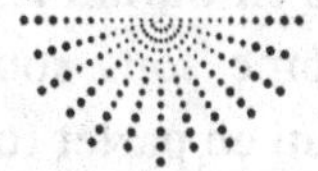

Lydia se prépara un autre café additionné d'une généreuse rasade de whisky avant de s'installer à son bureau. Elle entoura la tasse de ses deux mains pour se réchauffer et observa son domaine — une singulière fusion entre son travail et sa vie personnelle, ce qui représentait aussi bien un avantage qu'un inconvénient. C'était l'organisation idéale pour préserver son indépendance, malgré les horaires étirés et peu conventionnels. De fait, les frontières entre le professionnel et le privé étaient floues, leurs nuances se confondant en un motif indissociable.

Elle ouvrit un fichier et se mit à rédiger des notes pour un nouveau client. Les affaires marchaient plutôt bien et ses finances n'avaient jamais été aussi saines depuis des années. Toutefois, un problème majeur demeurait : elle avait besoin d'aide. Si seulement Jason pouvait se charger de la surveillance, elle gagnerait un temps précieux.

Surmenée comme elle l'était, elle n'avait pas besoin du stress supplémentaire lié au fantôme de Fox. Elle roula les épaules pour relâcher la tension en pensant à Fleet. Il lui avait envoyé un message un peu plus tôt pour se plaindre des réunions fastidieuses qui avaient gâché sa journée et l'avertir qu'il irait à la salle de sport après le travail. C'était réconfortant. Le signe qu'il la considérait comme sa petite amie. Leur relation était spéciale, à quoi bon le nier ? Même si elle s'était fixé certaines règles. Elle évitait soigneusement de se rendre chez lui, par exemple. Et elle ne lui avait pas présenté sa meilleure amie, Emma, ni sa famille. Certes, il connaissait les légendes entourant les Crow, mais il ignorait la présence d'un fantôme sous son toit, ni ses pouvoirs magiques. Elle devrait lui en parler tôt ou tard et ne pourrait pas éviter cette conversation indéfiniment. Fleet s'était montré compréhensif et d'un grand soutien. Il avait foi en elle et s'abstenait d'exprimer les nombreuses interrogations qu'il se posait. Après tout, la curiosité était inhérente à la profession de détective. Elle était bien placée pour le savoir.

Son téléphone sonna et elle se hâta de répondre.

— Ça va ?

— Pourquoi ça n'irait pas, rétorqua sa mère, étonnée. *C'était plutôt rassurant.*

— Tu ne m'appelles jamais sur mon portable. Et papa ?

— Il va bien. Il t'embrasse.

— Tant mieux.

— Je vais en ville la semaine prochaine. Tu serais libre pour déjeuner ?

Sa mère semblait un peu essoufflée et des bruits de circulation en arrière-plan suggéraient qu'elle n'était pas chez elle.

— Bien sûr, dit Lydia. Et toi, ça va ?

— Très bien !

Le ton enjoué de sa mère sonnait faux, mais Susan ne lui laissa pas le temps d'en apprendre davantage.

— Je dois y aller, ma chérie, coupa-t-elle avant de raccrocher.

. . .

Entre deux gorgées de café arrosé, Lydia se replongea son travail. Mettre à jour ses dossiers et ses rapports était somme toute facilement gérable. Organiser le monde à l'aide de dates, d'horaires, de faits et de chiffres lui apportait une certaine satisfaction.

Une heure plus tard, elle retrouva Jason, occupé à préparer une infusion de fenouil dans la kitchenette.

— Je déteste ça, déclara-t-elle.

Emma lui avait offert un coffret de tisanes destinées aux clients. C'était une bonne idée mais, grande amatrice de café, Lydia avait du mal à stocker de « l'eau chaude » dans ses placards.

Jason pressa le sachet contre le bord de la tasse à l'aide d'une cuillère pour extraire la dernière goutte jaunâtre.

— Je sais. Ça sent le vomi.

Lydia tenta de remonter le moral du fantôme, souvent d'humeur morose.

— C'est merveilleux que tu sois capable de sentir à présent, non ?

— Depuis quelques jours, c'est vrai, confirma Jason, soulignant que la présence de Lydia semblait avoir intensifié son existence physique. Mais cela comporte aussi des désavantages.

— Surtout avec cette horreur, renchérit Lydia en désignant l'infusion.

Jason cessa de triturer le sachet et dévisagea Lydia.

— On pourrait changer le slogan. Ça ne va pas ?

— Ma mère m'a m'invitée à déjeuner.

— Ça te contrarie ?

— Pas du tout, mais elle vient rarement en ville.

— Il y a autre chose ?

Lydia secoua la tête.

— Non. Fleet va bientôt arriver.

— Bon, je file alors.

— Désolée.

Lydia croyait que l'inspecteur avait aperçu Jason quelques semaines auparavant. Était-ce un simple hasard ? Elle l'ignorait, mais ne voulait prendre aucun risque.

Quand Fleet arriva, les cheveux encore humides de la douche, les bras chargés d'une bouteille de vin rouge et d'une pizza, Lydia éteignit son ordinateur et alla chercher deux verres à la cuisine. Il était environ 21 heures et, à la campagne, la nuit était presque tombée, contrairement à Camberwell, où la pollution lumineuse masquait le crépuscule. Lydia était si absorbée par son travail, qu'elle avait oublié de fermer les rideaux.

L'air distrait, Fleet posa les verres qu'elle avait apportés sur le bureau, à côté de la bouteille qu'il avait débouchée.

— Tu as eu une journée difficile ?

Il la fixa.

— Oui, plutôt.

Elle se blottit dans ses bras, plaqua les mains sur ses épaules et laissa courir les doigts sur sa nuque. Leurs lèvres s'unirent. Une aura presque tangible flottait autour de lui, elle le sentait. Pas celle d'un Crow, d'un Fox, d'un Silver ou d'un Pearl, mais une énergie singulière. Et, comme toujours, chaque parcelle de son corps vibra de désir. Sans cesser de l'embrasser, il la guida vers le canapé, où ils s'écroulèrent ensemble.

Plus tard, nue et agréablement détendue, Lydia remplit les verres sur le bureau. Allongé sur le canapé légèrement affaissé après leurs ébats, Fleet l'observait en souriant.

— Une pizza froide, ça te tente ?

— Tu ferais mieux de te rhabiller, sinon, on risque de ne jamais dîner, répondit-il en acceptant le verre qu'elle lui tendait.

L'air frais qui entrait par la fenêtre ouverte lui donna la chair de poule. Lydia avala une gorgée de vin et s'étira, savourant une merveilleuse sensation de bien-être dans chaque muscle de son corps.

Fleet se leva.

— Lyds, je suis sérieux.

Elle attrapa la chemise qu'il avait abandonnée sur le sol pour s'en couvrir, puis chercha ses sous-vêtements éparpillés partout.

Une fois qu'ils eurent grignoté la pizza et avalé un peu de de vin, assis en tailleur au milieu du salon qui faisait office de bureau pour Crow Investigations, Fleet changea de ton.

— Tu as eu une journée mouvementée, à ce qu'il paraît.

Lydia avala avant de répondre.

— Qui te l'a dit ?

— Cette manie de dénicher des cadavres partout !

Elle le dévisagea par-dessus son verre.

— C'est sûrement un don. On a identifié le corps ?

— Justement, j'espérais que tu pourrais nous aider.

— Inconnu au bataillon. Je parie qu'il n'apparaît pas non plus dans votre base de données ?

Fleet secoua la tête.

— Rien dans la reconnaissance faciale, ni dans le fichier des personnes recherchées. L'ADN prendra du temps. Le laboratoire est surchargé, comme d'habitude.

— Il n'y avait aucune blessure apparente et il semblait trop jeune pour une mort naturelle.

— Mais ce n'est pas exclu.

Lydia but une nouvelle gorgée en réfléchissant.

— C'est exact. Il était assis le dos, bien droit, le visage détendu. Sa mort a dû être soudaine et il n'a pas eu le temps de réagir, à moins qu'on ne l'ait déplacé après.

— Tu vas te décider à m'expliquer par quel hasard tu es tombée sur un macchabée dans un tunnel de ventilation désaffecté ? Qu'est-ce que tu fabriquais là-bas ?

— Une mission pour un client. Je ne peux pas en dire plus. Secret professionnel. Sauf s'il y a une enquête officielle.

— Très drôle. Allez, crache le morceau.

Lydia hésita.

— Tu vas penser que je suis folle.

— Ce n'est pas nouveau.

Lydia hésita avant de se lancer.

— C'est Paul Fox qui m'a envoyée. Il m'a engagée pour enquêter.

— Paul ? Le fils de Tristan, le chef du clan Fox ?

Lydia sirotait son vin à petites gorgées.

— Lui-même.

Fleet se rembrunit.

— Pourquoi as-tu fait ça ?

— Il sait que j'ai contribué à coincer Maria Silver et il m'a menacée de tout révéler à Alejandro Silver si je refuse de bosser pour lui.

— Comment ça ?

Lydia haussa les épaules.

— Pour le fun ? Il adore me chercher des crosses.

— Ce type est une calamité et il ne t'attirera que des ennuis.

Lydia croyait entendre Jason. Son colocataire aurait été ravi. Elle s'attendait presque à le voir surgir en s'écriant joyeusement : « Je te l'avais bien dit ! » Par chance, il avait promis de ne pas sortir de sa chambre.

— Tu as raison, mais je n'ai pas le choix. J'espère en finir au plus vite et ne plus en entendre parler.

— Et s'il continue à te faire chanter ?

Lydia y avait pensé.

— Il s'abstiendra. Ça déboucherait sur un conflit ouvert et il évitera d'impliquer Charlie et Tristan. Il ne cherche pas la guerre.

— Tu es sûre ?

— Certaine, mentit Lydia, qui finit son verre et se leva pour s'en resservir un autre.

Une idée lui traversa l'esprit.

— Comment sais-tu que j'ai trouvé ce corps aujourd'hui ? Euston n'est pas dans ton secteur.

— J'ai créé une alerte pour être prévenu dès qu'il est fait mention du nom de Crow. Ne te bile pas, personne ne remontera jusqu'à toi, ajouta-t-il, remarquant son expression. Tout le monde sait que Camberwell est le fief des Crow et, en tant que responsable de la sécurité du secteur…

Lydia s'efforçait de surmonter ses réticences. Elle faisait entièrement confiance à Fleet, mais elle se méfiait de ses collègues. Élevée en marge de la Famille, elle connaissait les rumeurs qui circulaient lors des mariages et des fêtes d'anniversaire, ainsi que les histoires racontées par son père quand il avait bu une ou deux bières de trop. En toutes circonstances, il fallait éviter la police. Non seulement à cause de certaines activités limites des Crow, mais aussi parce que les forces de l'ordre incarnaient une autorité bureaucratique redoutée par la Famille. Le strict respect des règles était aux antipodes de l'amour viscéral qu'elle portait à leur liberté. Et voilà que Fleet avait noué un lien qui les exposait tous les deux au public et, pire encore, à la mystérieuse base de données de la police. Lydia avait envie de s'enfuir en courant.

Le lendemain, elle s'arma de courage. Elle avait repoussé le moment d'appeler Paul Fox jusqu'à la dernière minute et ne pouvait plus se permettre de tergiverser. Elle n'aimait pas se retrouver dos au mur, mais c'était incontestablement le cas. Et voilà que son « petit boulot » pour Paul Fox s'était transformé en enquête criminelle. Elle ignorait en revanche si Paul serait surpris d'apprendre que la victime était un Fox.

Il lui avait proposé de venir à son bureau, mais Lydia préférait un lieu neutre. Un lieu agréable et public pour prévenir toute surprise de sa part.

Burgess Park semblait idéal. À égale distance entre leurs territoires respectifs, et du bon côté de la rivière pour Lydia, qui avait l'avantage du terrain. Le parc bourdonnait d'activités : familles, joggeurs, promeneurs de chiens et banlieusards en quête d'un bol d'air et de verdure avant de s'engouffrer dans les entrailles du métro. Arrivée avec une demi-heure d'avance, Lydia en profita pour faire un rapide repérage. Aucun membre de la famille en vue, ni personne ressemblant de près ou de loin à un sbire. Il y avait bien un individu avec une coupe en brosse et des muscles à faire peur, mais quand il se retourna, elle s'aperçut qu'il portait un bébé en écharpe blotti contre son torse impressionnant.

Elle s'installa sur le banc du rendez-vous quelques minutes avant l'heure convenue, à temps pour voir Paul Fox franchir l'entrée la plus proche. Avec ses cheveux noirs un peu plus longs qu'à l'accoutumée, son habituel T-shirt moulant et son jean, il était irrésistible. Lydia comprenait pourquoi sa jeune cousine était tombée sous le charme. Et même si elle, une Crow, y avait succombé jadis, mais elle se défendait en évoquant une erreur de jeunesse.

Il s'installa un peu trop près à son goût, un bras nonchalamment posé sur le dossier derrière elle.

— Bonjour, petit oiseau ! lança-t-il.

Lydia se força à rester impassible.

— Je ne comprends pas ce que tu as contre les mails, dit-elle en lui tendant une enveloppe.

Sans répondre, Paul parcourut le bref rapport. Lydia évita de le regarder. L'odeur familière des Fox lui monta aux narines, un parfum de fourrure tiède et de terre sombre. Son cœur s'emballa; elle aurait voulu courir pieds nus dans la forêt et faire d'autres choses moins avouables. La magie des Fox était très animale dans tous les sens du terme, une autre raison pour laquelle Lydia se justifiait d'avoir cédé à Paul, quand elle était une ado torturée par ses hormones. Par bonheur, elle avait évolué pour devenir une adulte forte et déterminée.

Paul observa un silence interminable, si bien que Lydia risqua un œil dans sa direction. Il la dévisageait et, pendant une fraction de seconde, elle résista à l'envie de battre des ailes et de s'envoler.

— Et la suite ? s'enquit-il.

Lydia croisa son regard azur clair, constellé de taches jaunes changeantes à la lumière.

— Tu m'as demandé d'inspecter les tunnels. Je l'ai fait.

— Et tu as trouvé un cadavre.

Lydia resta muette.

— Tu vas chercher qui est cet homme et comment il est mort.

Ce n'était pas une requête mais un ordre.

— La police s'en chargera. Tu n'as pas besoin de moi pour ça.

— Tu te sous-estimes. Mais j'aimerais que tes rapports soient plus précis à l'avenir. Ceci est une insulte, conclut-il en agitant le papier.

— C'est la vérité.

— Tu parles ! D'abord, appartenait-il à la Famille ? Je suis certain que tu le sais.

— Qu'est-ce qui te le fait croire ?

Tout le monde était-il au courant de ses talents cachés ? Oncle Charlie aurait-il fait passer une petite annonce dans le journal ?

Paul se borna à la dévisager sans rien dire.

Après un silence tendu, Lydia capitula. Elle n'avait aucune intention de prolonger la conversation et n'était pas de taille à se mesurer à lui.

— C'était un Fox, confirma-t-elle.

Paul serra les dents.

— J'ai pris des photos, ajouta-t-elle, essayant de changer de sujet. Tu veux les voir. Tu le reconnaîtras peut-être ?

Paul acquiesça. Lydia choisit le cliché le plus net et inclina son téléphone pour qu'il puisse mieux voir.

Il secoua la tête.

— Tu ne le connais pas ?

Comme Jason, Lydia présumait que Paul savait d'avance ce qu'elle trouverait dans le tunnel. Tel qu'elle le connaissait, il ne laissait jamais rien au hasard. La famille Fox avait la réputation d'être rusée et Paul étant le fils de Tristan Fox, le chef de la Famille, il avait été à la bonne école.

Paul la fixait toujours. Il semblait en proie à un dilemme, ce qui signifiait qu'il était plongé dans ses réflexions, ou qu'il voulait lui laisser croire que c'était le cas. Lydia patienta. Pas question de faire un faux pas pour combler le silence.

— Je me doutais que tu découvrirais un corps, mais pas un Fox.

— Tu t'attendais à quoi exactement ?

Paul secoua la tête.

— Qui est responsable ? Je veux des réponses.

— J'ai fait le job. C'est fini. C'est ce que nous avions convenu.

— Non, ce n'est pas fini. Tu sais que je peux encore te dénoncer. Comment réagirait Alejandro s'il savait que c'est toi qui as contribué à incarcérer sa fille ? Qu'est-ce qu'il ferait, hein ? Il paraît que ton père ne va pas très fort en ce moment et que les Crow ne sont plus en position de force. Tu crois que ta famille résisterait à une attaque des Silver ?

Lydia se raidit, refusant de montrer à quel point ses mots l'avaient atteinte. Elle se leva brusquement et le toisa, son visage à quelques centimètres du sien.

— Qui t'a dit ça ? J'exige un nom.

Paul cilla et détourna la tête.

— Je ne voulais pas te blesser.

Lydia s'écarta et se força à desserrer les poings.

— D'accord. Je vais poursuivre l'enquête. Mais ça te coûtera cher. Mes tarifs ne sont pas donnés.

— Tu crois vraiment que je m'intéresse à l'argent ?

Lydia bondit sur ses pieds.

— Je n'ai aucune idée de ce qui t'intéresse et je m'en fiche royalement.

Paul posa la main sur son cœur.

— Tu me vexes, petit oiseau. Pourquoi es-tu si hostile ?

CHAPITRE QUATRE

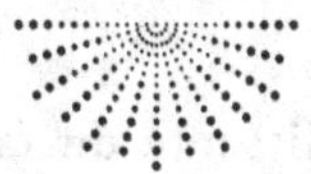

Lydia avait pris ses quartiers dans l'appartement au-dessus du restaurant. Elle avait accroché des reproductions de tableaux aux murs de sa chambre et Fleet avait bricolé des étagères pour sa bibliothèque à l'aide de planches et de briques. Elle était comblée. Les livres demeuraient pour elle une valeur sûre : fiables, distrayants et secrets.

Le salon spacieux lui servait de bureau. Le canapé était laid mais confortable, et le siège tout à fait correct. Lydia avait récupéré dans une décharge un petit classeur imitation hêtre servant de bar. Fleet lui avait offert une lampe au lourd pied en cuivre et à l'abat-jour vert, évoquant « l'atmosphère des vieux films noirs qu'elle affectionnait ». Elle se demandait s'il ne s'était pas plutôt inspiré de l'inscription : « Crow Investigations » gravée sur le panneau en verre dépoli installée par Paul Fox, rappelant l'agence de Sam Spade dans *Le Faucon maltais*.

L'appartement était aménagé de bric et de broc avec des meubles trouvés sur place, des cadeaux d'Emma, de Fleet et de ses parents, ainsi que ses rares possessions personnelles. Sans oublier son colocataire fantôme. Et ses chers bouquins. Elle avait désormais un bureau digne de ce nom où elle n'avait plus aucun scrupule à recevoir ses clients. Elle aspirait à présent à concilier travail et repos sans porter préjudice à sa santé.

Dans la kitchenette, elle trouva Jason, contemplant un bol de cornflakes d'un air déconfit.

— J'ai oublié, murmura-t-il.

— Oublié quoi ?

— D'ajouter du lait.

L'interaction grandissante du fantôme avec son environnement le réjouissait, pourtant, depuis peu, il semblait frustré par les contraintes de sa condition de spectre. L'insatisfaction est intrinsèque à la nature humaine, mais elle devait être déroutante pour un fantôme.

Jason se frotta le visage et parut surpris de ne découvrir aucune trace de larmes.

— Je n'aime pas vraiment les céréales, admit-il. C'est nul, hein ?

— C'est vrai.

Lydia ne savait plus quoi dire. Par chance, Jason changea de sujet.

— Des nouvelles de l'autre fantôme de Londres ? J'y pense sans arrêt.

— Il y en a probablement des centaines. Si tu osais mettre le nez dehors…

— Je pourrais rencontrer quelqu'un, c'est ça ? Je ne crois pas.

Lydia entreprit de préparer du thé.

— La police ignore l'identité de ce type et Paul affirme ne pas le connaître. Je ne vois pas ce que je pourrais faire de plus.

— Ne pas l'abandonner. Il doit être terrifié. Devenir un esprit, c'est quelque chose !

Lydia lui tapota le bras.

— Ça s'est passé comment pour toi ?

Jason se mit à scintiller, comme chaque fois qu'il s'agitait, ce qui causait à Lydia un début de migraine.

— Je ne me rappelle pas, avoua-t-il. J'ai essayé, mais tout est flou dans ma mémoire et le temps n'a plus de sens. Je crois que je n'ai vraiment repris conscience que depuis environ deux ans. Ta présence a tout changé. Ce pauvre garçon est livré à lui-même, il faut l'aider.

— Je sais. Je ferai de mon mieux.

Jason claqua des doigts, le bruit résonna dans l'espace restreint.

— Il ne s'agit pas de l'identifier, mais de le retrouver. Lui parler. Il pourrait aussi te dire qui il est et, du même coup, tu pourrais résoudre l'affaire.

LYDIA APPELA FLEET SUR SON PORTABLE, IMPATIENTE D'AVOIR des nouvelles du labo. Si tout se passait bien grâce à ses contacts dans la police, elle obtiendrait rapidement les informations nécessaires. Ainsi, elle pourrait mener à bien cette mission et se débarrasser en même temps de Paul. Tout serait tellement plus simple. Fleet, quant à lui, acceptait mal l'idée qu'elle « travaille pour Paul Fox ».

— Si ton équipe faisait son boulot et identifiait le mort, je pourrais donner des informations concrètes à Paul et clore ce chapitre une bonne fois pour toutes.

— Parce que toi, tu transmettrais les détails sensibles d'une enquête en cours ? ironisa Fleet.

— Bien sûr que non, rétorqua Lydia, essayant de comprendre sa réaction.

— Où as-tu donné rendez-vous à Paul ?

— Au parc. Pourquoi cette question ? Ça n'a aucune importance.

— Tout ce qui concerne les Fox est important à mes yeux. Je connais les rumeurs qui courent à leur sujet.

— Et moi, je sais faire la part des choses. Il ne faut pas

exagérer. Aristote qualifiait les renards de « fourbes et malfaisants ».

— Tu parles des animaux ou des Fox ?

— Des animaux, je suppose, mais qui sait ? C'était il y a bien longtemps. Cela reste néanmoins préoccupant.

— Ça n'engage que lui. Et stigmatiser une espèce entière est plutôt rétrograde.

Lydia avait failli dire « intolérant », mais elle jugea inutile d'en rajouter.

— Je pensais que tu serais d'accord avec Aristote sur ce sujet ?

Lydia haussa les épaules.

— Je ne sais pas. J'essaye de garder l'esprit ouvert.

— Très sage. Mieux vaut ne pas tirer de conclusions hâtives et s'en tenir aux faits.

— Exactement, dit Lydia, ravie de constater qu'il semblait comprendre son point de vue.

— Mais on ne doit pas non plus ignorer les pièces à conviction. Il faut les prendre en considération, toutes sans exception.

— Évidemment.

L'expression de Paul, qu'elle ne parvenait pas à chasser de son esprit, la troublait profondément. L'espace d'un instant, il avait paru complètement désorienté, perdu, une attitude qui ne lui ressemblait pas.

— Et si l'on rassemble les pièces à conviction concernant Paul et ses associés, on aboutit à une image claire, poursuivit Fleet. Lydia, tu m'écoutes ?

— Oui, excuse-moi.

Fleet poussa un soupir de frustration.

— Paul n'est pas digne de confiance.

— Tu me connais assez pour savoir que je ne fais confiance à personne.

. . .

Lydia devait effectuer une planque pour une cliente de longue date. Le troisième mardi de chaque mois, elle surveillait un homme d'âge moyen, visiblement épuisé, qui retrouvait une femme de son âge à la mine lasse dans un Café Costa près de Kennington Park. Sa compagne commandait invariablement un gâteau aux carottes avec un thé Earl Grey, tandis qu'il se contentait d'un café noir. Ils bavardaient une heure ou deux, renouvelant parfois leurs consommations (un chocolat chaud pour elle et un thé à la menthe pour lui), avant de se quitter avec un simple baiser sur la joue. Lydia avait consigné cette rencontre par écrit ainsi que par une vidéo discrète de leurs adieux. Elle espérait ainsi rassurer la femme de M. Café Noir et clore l'enquête, mais sa cliente souhaitait qu'elle poursuive la surveillance. Lydia se reprochait souvent de jouer les voyeuses, mais il lui était plus facile de se justifier quand elle surprenait un comportement moralement discutable. Mais épier deux amis apparemment bien inoffensifs lors de leurs rendez-vous mensuels lui semblait malvenu. Si elle ne découvrait aucune liaison intime ou criminelle, elle informerait sa cliente que son intervention prenait fin. Et s'il s'agissait d'un jeu érotique entre les deux époux pour pimenter leur relation ? Lydia n'avait pas embrassé cette profession pour servir de sextoy et n'avait aucune intention de le devenir. Elle avait des affaires autrement plus sérieuses à traiter. En tant que femme indépendante, elle comprenait qu'elle devait s'adapter, mais il y avait des limites.

La police ignorant l'identité du mort et Jason insistant sur la nécessité de secourir un esprit égaré, Lydia savait qu'elle devrait se lancer à la chasse aux fantômes. Jason avait avancé un excellent argument : interroger le spectre du métro lui permettrait de résoudre rapidement cette affaire. Bien sûr, cela impliquait de retourner sous terre, perspective qui ne l'enchantait guère. Elle se rappelait la claustrophobie ressentie dans les tunnels désaffectés.

Mais les Crow étaient déterminés. Elle enfila sa veste, ses bottines et s'en fut. Faisal, son contact aux transports londoniens, rechigna à l'idée de la guider dans les souterrains, mais elle avait réussi à le convaincre grâce à sa pièce d'or.

— C'est une scène de crime, déclara-t-il nerveusement en s'approchant d'une issue au bout du quai. Nous ne sommes pas autorisés à entrer.

Il répéta ce refrain à plusieurs reprises. La magie de Lydia n'avait manifestement pas eu le même effet que la première fois. À moins qu'il n'ait appris à résister ?

— Vous n'avez pas besoin de m'accompagner, objecta-t-elle. Laissez-moi passer par la porte réservée au service et fournissez-moi un plan. Je me débrouillerai seule.

Faisal secoua la tête.

— Hors de question. Le public n'est pas autorisé à circuler dans les tunnels sans être accompagné d'un membre du personnel.

— Qu'est-ce que notre homme fabriquait ici ? questionna Lydia. Il ne portait pas d'uniforme, ni de gilet fluo, il ne travaillait donc pas pour vous ni avec l'équipe d'ingénieurs.

Faisal haussa les épaules.

— Ils organisent parfois des tours payants en petits groupes. Il a probablement fait partie de l'un d'entre eux et il est revenu pour une visite privée.

— Peut-être. Est-il difficile de descendre sans guide et d'ouvrir la porte de service ?

Faisal haussa les épaules.

— Je ne pense pas être habilité à vous donner ce genre d'information.

— Je n'en parlerai à personne, promis.

Lydia sortit sa pièce qu'elle serra entre ses doigts, laissant la confiance des Crow l'envahir afin de convaincre Faisal d'obtempérer. C'était un sale tour à lui jouer, elle en était consciente, mais cela fonctionnait.

— Il y a un code sur la porte, mais il n'a jamais été changé. Si vous êtes assez près pour le déchiffrer au cours d'une visite guidée, vous pourrez l'utiliser ultérieurement. Une fois à l'intérieur, rien ne vous empêche de ressortir. Les portes ne sont verrouillées que dans un sens. Nous avons parfois des explorateurs, des citadins. Ils sont pénibles. Si on les découvre et qu'on les dénonce, on a des problèmes. Ils prétendent avoir trouvé la porte ouverte ou quelque chose de ce style, mais comme je l'ai dit, il n'est pas nécessaire de renforcer la sécurité. Il ne s'agit pas d'une zone à haut risque ; c'est injuste de nous incriminer, ça ne relève pas de notre responsabilité.

Lydia opina avec un claquement de langue compatissant.

— Alors, quel est le code ?

Faisal lui communiqua les quatre chiffres.

— Vous ne pouvez pas vous aventurer seule, ajouta-t-il avec inquiétude.

Lydia lui tapota le bras.

— Je ne veux pas vous attirer des ennuis, Faisal. Je suivrai vos directives.

L'homme se détendit et elle fourra sa pièce dans sa poche.

— D'après le règlement, je devrais vous escorter. Mais comme la police a dit que c'était une scène de crime, je ne sais pas…

— Dans ce cas, accompagnez-moi une partie du chemin. Pas besoin d'aller jusqu'au bout.

En fait, Lydia s'était donné beaucoup de mal pour pas grand-chose. Il n'y avait rien, hormis une faible trace de Fox. Aucun signe du fantôme.

Elle pesta entre ses dents.

— Il faut explorer les lieux, annonça-t-elle à Faisal, qui brandissait une torche, l'air malheureux.

Si on lui avait demandé ce qui était le plus éprouvant entre ignorer ce qu'elle allait découvrir dans les tunnels sinueux et poussiéreux qu'elle arpentait, ou les parcourir à la recherche d'un fantôme aux yeux vides, elle aurait répondu que l'incertitude était la pire des choses. Elle aurait eu tort.

À chaque pas, elle sentait les poils se dresser sur sa nuque et ses épaules se contracter. Les fausses alertes se multipliaient. À présent, elle s'attendait à tout moment à voir un fantôme jaillir d'un mur en hurlant, l'enveloppant d'un froid glacial. C'était éreintant.

Ils inspectèrent les anciens tunnels, les quais désaffectés et chaque conduit de ventilation assez large pour s'y déplacer. Au bout d'une heure, Lydia était épuisée par la tension nerveuse et ne savait combien de temps elle pourrait encore contrôler Faisal. Elle le laissa finalement la reconduire à la surface.

CHAPITRE CINQ

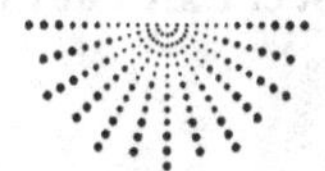

De retour au restaurant, Angel verrouilla la porte derrière elle. Le sol était fraîchement lavé et le comptoir étincelait de propreté. Elle dénicha un croissant rassis au fond d'un sac dans la cuisine, se servit et monta l'escalier menant à son appartement. Elle frappa à la porte de Jason, regrettant de ne pas lui apporter de bonnes nouvelles.

Il était assis en tailleur sur son lit, un feutre à la main, le carnet à dessin format A2 qu'elle lui avait offert ouvert devant lui. Il avait gribouillé un escargot entouré d'une couronne de verdure en spirale.

— Tu ne travailles pas ?

J'ai du mal. Tu crois que ça marcherait si je colle les feuilles au mur ?

— Ça vaut la peine d'essayer. Je ne l'ai pas trouvé, poursuivit-elle sans transition, comme on arrache un pansement.

Jason haussa les épaules.

— Tu devras probablement t'y reprendre à plusieurs fois et, à force, tu finiras peut-être par lui insuffler une nouvelle énergie. Comme à moi.

Lydia n'était guère enchantée par cette perspective. Elle

éprouvait encore la sensation glaçante quand le fantôme avait fusionné avec elle.

— Tu accepterais de me donner un coup de main ?

— Bien sûr ! Comment ?

— Je pourrais résoudre cette affaire en deux temps trois mouvements s'il me révélait son identité et les circonstances de sa mort. Affaire classée. Exit Paul Fox. Plus de problèmes. Terminé.

— Ça me plaît.

— C'est vrai ?

Lydia cherchait comment formuler la prochaine question, mais le fantôme ne lui en laissa pas le temps.

— Et si tu utilisais les pouvoirs magiques de ta famille pour voir s'il y a un moyen de me recharger en énergie ?

Lydia réprima un soupir. Elle saisissait à présent pourquoi Jason était si enthousiaste à l'idée de l'aider, mais elle ne trouvait pas les mots pour exprimer à quel point cette option lui paraissait difficile et périlleuse.

— Interroger oncle Charlie est inenvisageable. Je ne lui fais pas confiance.

— Et ton père ? Il doit être au courant, non ?

— Je préfère le tenir à l'écart. Il a passé sa vie à me protéger. Refouler son pouvoir pourrait d'ailleurs expliquer pourquoi il est… comme ça aujourd'hui. Et ma présence n'arrange rien. Pourquoi ne me donnes-tu pas plus de détails de ta vie ? enchaîna-t-elle sans lui laisser le temps de répondre. Comprendre la raison de ta présence ici pourrait expliquer ce qui t'y retient.

Il se renfrogna. Elle devait avoir le même air maussade, songea Lydia. Deux têtes de mule refusant de céder.

— Mais ça pourrait avoir l'effet inverse, objecta-t-il. Imagine que je me désincarne et m'envole dans les nuages ?

Lydia s'assit près de lui, les jambes croisées.

— Que dirais-tu d'une petite conversation ? Tu sais déjà

tout. Donc, il est évident que tu ne risques rien, sinon, ce serait déjà fait. C'est logique, non ?

— Admettons, mais ensuite, tu vas poursuivre ton enquête. En creusant davantage, tu pourrais m'exposer à un danger.

— Certainement pas.

— Bien sûr que si. C'est plus fort que toi. Tu veux toujours tout comprendre. C'est pour ça que tu as choisi ce métier. Et tu es plutôt douée, je trouve.

— Merci, dit Lydia, touchée. Et si je te promettais de ne pas te révéler ce que je découvrirais ?

— D'accord, et ensuite ?

— Ensuite ? Aucune idée. Mais l'information a son importance, n'est-ce pas ?

— Curieusement, tu ne tiens pas ce genre de discours quand on aborde le pouvoir vaudou de ta famille.

— C'est différent.

— Absolument pas. Tu pourrais l'utiliser pour m'aider à m'évader d'ici.

— Je te répète que je ne sais pas comment m'y prendre.

— Tu refuses d'essayer.

— Et toi, tu évites de me parler de ton passé, alors que cela pourrait nous être très utile.

Jason semblait disparaître dans le décor, signe de son malaise. Lydia commençait à perdre patience.

— Tu affirmes vouloir m'aider, mais tu hésites encore. C'est frustrant. Mets-toi dans la tête que ta situation ne peut pas être pire !

Jason la fixa, bouche bée.

— Excuse-moi, dit Lydia, je me suis emportée.

— Tu as raison. Je n'ai pas envie de disparaître pour l'éternité. J'ai peur de l'inconnu. Mes parents croyaient en l'au-delà, mais l'idée de rôtir en enfer me terrifie.

— L'enfer n'existe pas. De toute façon, tu ne risques rien. Tu es quelqu'un de bien.

— Je suis mort le jour de mon mariage. J'étais jeune, donc il ne s'agit probablement pas d'une cause naturelle. Par conséquent, je suis une victime innocente, à moins que je ne me sois attiré des ennuis d'une manière ou d'une autre. Je refoule peut-être certains souvenirs. Et si j'avais commis quelque chose de terrible ?

— Faire l'autruche n'est pas une solution.

Jason esquissa un sourire triste.

— Facile à dire. Tout le monde n'a pas ta volonté.

— Je ne suis pas aussi courageuse que tu le crois. J'ai une trouille bleue les trois quarts du temps.

Elle parlait dans le vide… il s'était volatilisé.

Lydia alluma son ordinateur et accéda au registre des naissances, décès et mariages. Elle se sentait coupable de s'opposer à la volonté de Jason, mais c'était trop tentant. La curiosité a tué le chat, comme dit le dicton, or les corbeaux sont réputés pour leur intelligence, c'est bien connu.

Jason avait rendu l'âme le jour de son mariage avec Amy. Lydia ne savait rien de plus et s'était juré de ne pas chercher à en apprendre davantage. Elle vérifia qu'aucun fantôme ne s'était matérialisé à ses côtés avant de taper son nom. Ce faisant, elle trahissait la confiance qu'il avait placée ainsi que sa promesse, mais elle n'avait jamais prétendu être parfaite.

Jason Montefort et Amy Silver avaient eu le coup de foudre au premier regard. Ils s'étaient unis à l'église St Etheldreda, près de Holborn Circus. Lydia découvrit la triste vérité en parcourant les archives des journaux et les rubriques nécrologiques. Elle eut un frisson d'horreur face à l'immensité de cette tragédie.

Le jour du mariage, le repas de noces avait eu lieu à *The Fork*. Le drame était survenu au cours de l'après-midi. Jason et Amy étaient décédés ce jour-là. Les articles de presse étaient évasifs, se contentant de mentionner une enquête en cours et la cause du décès est inconnue. Les brèves notices nécrologiques, probablement rédigées par les familles, indiquaient la date du décès, formulant « notre fils bien-aimé » et « notre fille chérie » sans autre détail sur leur fin tragique.

Amy Silver était morte au restaurant, apprit Lydia, glacée d'effroi. Si c'était vrai, oncle Charlie était certainement au courant. Il avait probablement loué la salle pour la fête. Cela n'avait rien d'étonnant, puisque les Crow et les Silver étaient liés de longue date, avant même l'armistice. Mais une double tragédie sur le terrain des Crow avait dû mettre à l'épreuve les relations entre les deux familles.

Lydia se mit à faire les cent pas en sentant un début de migraine lui vriller les tempes. Mille neuf cent quatre-vingt-cinq. Oncle Charlie devait avoir une vingtaine d'années à l'époque. Par conséquent, il était fort probable que grand-père Crow se soit occupé des détails. À moins qu'il n'ait délégué cette tâche. En effet, il avait un empire familial à gérer, de sorte que l'événement était sans doute trop insignifiant pour qu'il en ait connaissance. Une autre idée lui traversa l'esprit. Ces événements s'étaient déroulés avant sa naissance. Donc, Henry aurait très bien pu se charger d'organiser la cérémonie. Il avait été préparé et formé pour prendre la succession de son père, avant d'épouser Susan et de renoncer à son héritage.

Lydia n'avait aucune intention de l'interroger sur la magie des Crow ni sur la façon de libérer un fantôme de sa prison terrestre, mais elle pourrait peut-être le questionner sur l'histoire de la famille. C'était une piste, après tout. Elle griffonna quelques notes, ingurgita une bouteille de bière pour s'aider à réfléchir et arpenta nerveusement l'appartement, cherchant désespérément une solution. En vain.

Elle jura à voix haute et alla chercher une autre bière.

. . .

LE LENDEMAIN, LYDIA ÉVITA SOIGNEUSEMENT JASON. ELLE SE sentait coupable d'avoir cédé à la tentation de Google. Elle avait l'impression d'avoir espionné son ami fantôme, alors même qu'il avait le pouvoir de traverser les murs. Savait-il ce qu'elle avait appris au sujet d'Amy ? Il n'évoquait jamais sa propre mort ni celle de sa femme ce jour-là, mais cela ne signifiait pas qu'il l'ignorait. Devait-elle lui révéler ? Il comprendrait alors qu'elle avait consulté Internet sans sa permission.

Plutôt que de ruminer le passé, Lydia préféra se concentrer sur le présent. Elle rédigea un rapport d'enquête effectuée la semaine précédente et l'envoya avec la facture à son client. Lorsque Jason apparut dans la cuisine, elle prétexta un retard dans sa comptabilité, une excuse qui se retourna contre elle quand Jason lui proposa son aide.

— Je maîtrise parfaitement mes doigts maintenant, déclara-t-il en les agitant sous son nez. Et je suis doué pour les chiffres.

Ce qui était, bien entendu, un euphémisme.

— Dommage que je n'aie pas un autre ordinateur, prétexta Lydia pour le décourager sans avoir à avouer son petit mensonge.

Jason acquiesça et lui prépara du thé, ce qui accentua son malaise.

ELLE ATTENDIT IMPATIEMMENT LA FIN DE LA JOURNÉE POUR parler à Fleet, qui lui proposa de le retrouver sur « le pont vers nulle part ». Il avait « besoin de prendre l'air ». Son équipe avait peut-être progressé sur l'identité du défunt, espéra-t-elle. Elle pressentait qu'il valait mieux ne pas approfondir le passé de Jason.

Elle n'ignorait pas que Fleet croulait sous les tâches administratives, sans parler des réunions interminables. Ce n'était pas le poste dont il rêvait à ses débuts, en tant que jeune policier enthousiaste, mais il persévérait. « Il faut être à l'intérieur du système pour espérer le changer », aimait-il répéter. Son idéalisme était un autre trait de son caractère qu'elle trouvait fascinant, tant il tranchait avec le cynisme ambiant.

En traversant le parc, elle l'aperçut sur le pont, absorbé par l'écran de son téléphone. À son approche, il leva les yeux et sourit. Une bouffée de bonheur l'envahit. Elle pensait que le désir s'atténuerait avec le temps, mais avec Fleet, ce n'était pas le cas.

— Des nouvelles ? s'enquit-elle.

— Toujours pas d'identification. Faute de correspondance ADN ou dentaire, nous avons effectué des recherches à partir de son tatouage et de la cicatrice sur son abdomen.

— Un tatouage ?

— Oui, à la base du cou.

Il lui montra une photo sur son portable : la nuque du mort arborait le mot « maudit » en majuscules, souligné d'un épais trait noir.

— C'est sinistre.

— Et la cicatrice sur son ventre ne résulte pas d'une appendicectomie.

— Un coup de couteau ?

Fleet opina. Il s'interrompit quand un promeneur s'approcha et attendit qu'il franchisse le pont avant de poursuivre.

— Le pathologiste pense que la cicatrice date d'au moins cinq ans. Difficile d'être plus précis.

— Et maintenant ?

— On espère que quelqu'un se manifestera pour l'identifier. Parfois, un signalement de personne disparue ou de nouvelles pièces à conviction en rapport avec une autre affaire en cours permettent d'établir un lien.

— Mais ce n'est pas toujours le cas ?

Fleet secoua la tête.

— Certaines victimes restent anonymes. Tu n'imagines pas combien de corps non identifiés sont stockés dans nos bases de données.

Lydia fit la grimace.

— Génial ! Et la cause du décès ?

— Nous attendons les résultats toxicologiques. Il n'y a aucun signe de traumatisme. L'asphyxie est la cause la plus probable, d'après les petites hémorragies et, je cite le médecin légiste, « une congestion viscérale par dilatation d'une partie des vaisseaux sanguins veineux. »

— On l'aurait étranglé ?

— Il n'y a pas de traces de strangulation, d'ecchymoses, ni de signes de lutte.

— Cela n'a aucun sens. Quelque chose m'échappe.

— L'enquêteur n'y comprend rien. Et si on précisait qu'il s'agit d'un Fox, on nous prendrait pour des fous.

— Bienvenue au club ! sourit Lydia.

Elle montra la photo du tatouage du défunt dans tous les salons de tatouage de Whitechapel, persuadée qu'un Fox n'aurait pas été chercher ailleurs. Bien sûr, il n'était pas exclu que, par souci de discrétion, il ait pu quitter son territoire, mais Lydia comptait sur la chance.

Whitechapel comportait plus de salons qu'elle ne l'imaginait et elle y consacra beaucoup plus de temps que prévu. Elle avait les pieds douloureux et avait dépensé une petite fortune. En vain. Tout ce qu'elle avait appris, c'était que les tatoueurs étaient des gens méfiants. Certains la soupçonnaient d'être une espionne, d'autres critiquaient la qualité du tatouage pour la convaincre de recourir à leurs services.

— Je n'ai pas l'intention me faire tatouer dit-elle, épuisée, au dernier de la liste.

Fort heureusement, il ne s'offusqua pas.

— C'est un engagement de taille, effectivement.

— Vous êtes sûr de ne pas reconnaître ce style ? J'essaye d'identifier l'artiste.

L'homme examina la photo.

— C'est assez courant. Rien d'extraordinaire. Essayez peut-être le salon de la rue Wentworth.

Lydia n'avait déjà visité l'endroit. Elle le remercia et sortit. Elle se dirigeait vers la station de métro voisine quand une voix l'interpella.

Le tatoueur se tenait sur le seuil de la porte, l'air intrigué.

— Vous n'être pas envoyée par un concurrent, n'est-ce pas ?

— Non. Ni par la police.

Il hésita.

— Je me rappelle ce type. Un grand nerveux.

— Vous l'avez tatoué ?

— Oui, l'année dernière. Je m'en souviens parce que c'est inhabituel. Rares sont les clients qui souhaitent inscrire « maudit » sur leur peau. Habituellement, c'est plutôt « J'aime ma mère » ou le nom de leur animal de compagnie. J'ai cru que c'était inspiré d'un livre, d'un film ou d'autre chose. Du fan art.

— Pourquoi n'avoir pas admis que c'était votre œuvre ?

L'homme parut l'air mal à l'aise.

— Le type était très énervé. Il a payé en liquide sous un nom d'emprunt. Ça arrive et ce n'est pas illégal. Mais quand vous avez commencé à poser des questions, j'ai pensé qu'il y avait peut-être un problème. J'ai craint des complications pour une raison ou une autre, une infraction peut-être... Ce n'est pas une question de réglementation, n'est-ce pas ?

Lydia s'efforça de déguiser sa déception. Ç'aurait été trop beau d'espérer que l'homme aurait laissé des traces.

— Quel nom a-t-il donné ?

— John Smith.

Un faux nom, à l'évidence. Lydia le nota dans son carnet.

— Il avait une idée précise ou il a consulté votre documentation avant de se décider ?

— Il savait ce qu'il voulait. C'était curieux parce que la première fois, les novices sont généralement plus curieux.

— Vous vous rappelez autre chose ? Ce qu'il a dit ?

Le tatoueur parut enfin prendre la mesure de la situation.

— Vous n'êtes pas envoyée par un autre salon, vous êtes sûre ?

Lydia lui tendit sa carte de visite.

— Non. Contactez-moi si quelque chose vous revient à l'esprit. Un détail qui pourrait nous aider à le retrouver.

— Il lui est arrivé quelque chose de grave ?

— Je crains qu'il ne soit décédé.

— Pourtant, le tatouage a bien cicatrisé, murmura l'homme, comme se rassurer. Aucun signe d'infection.

CHAPITRE SIX

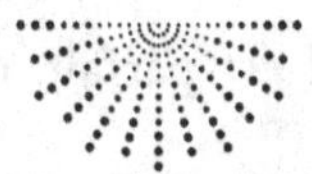

Lydia retrouva sa mère sur l'autre rive du fleuve, non loin de Covent Garden, où elle avait effectué quelques achats. Elle avait réservé dans un bar à tapas chaleureux tout en boiseries et à l'éclairage tamisé, qui embaumait l'ail, le vin et d'autres odeurs appétissantes.

Susan jeta un regard satisfait autour d'elle.

— C'est sympathique, ici. On devrait commander du vin rouge, non ?

— Absolument, sinon on te jettera dehors, dit Lydia en faisant signe à la serveuse. Une bouteille de rioja, s'il vous plaît.

— De l'alcool à cette heure ? s'exclama gaiement sa mère. Je risque de ne plus tenir debout ! Tu es déjà venue ici avec Emma ?

— Oui, une fois. J'ai pensé que tu le préférerais à *The Fork*. Je sais que tu n'es pas fan.

— Toi non plus, à ce que j'ai cru comprendre.

— Tu as parlé à Charlie récemment ?

— Il s'est plaint à ton père, disant que tu n'étais pas aussi coopérative qu'il l'espérait.

Lydia sourit, certaine que sa mère avait été ravie de l'apprendre. Susan l'avait prévenue de ne pas s'installer au-dessus du restaurant ni de s'impliquer dans les affaires familiales.

— Je pense que c'était une erreur.

— Quoi donc ?

La serveuse revint avec le vin et demanda si elles souhaitaient le goûter.

— Je suis sûre qu'il est parfait, dit Lydia. Vous pouvez servir.

Sa mère leva son verre.

— À ta santé !

— À la tienne !

Le vin était délicieux. Riche et épicé avec une touche tannique. Lydia savait qu'elle aurait probablement mal à la tête plus tard.

Susan consulta le menu.

— Je vais prendre des artichauts frits et des beignets de morue. Et aussi des patatas bravas, du pain et des olives, si ça te tente.

Lydia en avait l'eau à la bouche. Une panne d'oreiller l'avait obligée à sauter le petit déjeuner de peur d'arriver en retard à son rendez-vous avec sa mère. Son estomac gronda, la trahissant, tandis que Susan commentait un article du *New Scientist* sur l'intelligence artificielle.

Bientôt, la table fut garnie de spécialités méditerranéennes. Après avoir bu un peu de vin, Lydia vérifia qu'elles étaient à l'abri des oreilles indiscrètes et se pencha en avant.

— Pourquoi penses-tu que c'était une erreur ?

Susan cilla. Elle était toujours aussi impeccable avec son rouge à lèvres appliqué d'une main experte et son carré blond d'où ne dépassait pas une mèche, mais des cernes sombres que le fard ne parvenait pas à dissimuler étaient visibles sous ses yeux. Elle avait l'air épuisée. À moins qu'elle n'ait simplement vieilli, songea Lydia, le cœur serré. La vulnérabilité de sa mère était difficile à admettre.

Susan trempa un morceau de pain dans de l'huile d'olive parfumée.

— C'est délicieux.

— Je croyais que tu ne voulais pas que je m'en mêle, Maman, dit Lydia.

Susan posa le pain dans son assiette et saisit son verre.

— Je n'ai pas changé d'avis. Je t'avais conseillé de ne pas loger au-dessus du restaurant, mais tu ne m'as pas écoutée. C'est ton droit. Tu es adulte et tu es à même de prendre tes propres décisions.

— Je travaille pour moi, pas pour Charlie, si ça peut te rassurer. Et je suis parfaitement capable de veiller à ma propre sécurité.

— Tu es la fille d'Henry Crow, par conséquent, tu es destinée à prendre la tête de la Famille.

Lydia ne savait quoi répondre. Sa mère n'était pas une Crow et évoquait rarement la Famille avec un F majuscule. Née Susan Sykes, elle était titulaire d'un doctorat en chimie et rêvait de se consacrer à la recherche. Elle avait eu le coup de foudre pour Henry Crow qui, par amour, avait renoncé à son statut de chef de clan et accepté d'élever leur fille en banlieue. Ayant mis sa carrière en pause pour s'occuper de Lydia, Susan passait ses journées à jouer avec elle, à lui apprendre la cuisine, les travaux manuels, la conduisant à ses leçons de natation et à l'école. Quand Lydia entra au collège, Susan reprit ses études et réussit à décrocher un poste à l'Imperial College de Londres.

— Ton père a conclu un marché, comme tu le sais, reprit Susan. Charlie l'a remplacé en tant que chef de la Famille pour que tu puisses grandir normalement, loin des traditions et des responsabilités du clan. Je voulais que tu sois à l'abri et que tu puisses choisir ta voie, pas qu'elle te soit imposée.

Malgré sa relation ambivalente avec sa mère, Lydia savait que cette attitude était uniquement dictée par l'amour.

— Je ne dois rien à Charlie. Je suis libre.

Susan esquissa un sourire mélancolique.

— Ce n'est pas si simple.

— Pourquoi ?

— Parce que tu as fait un choix, peut-être inconsciemment, en emménageant à Camberwell. Et Charlie t'a confié une mission.

— Ce n'était pas grand-chose. Je me suis bornée à identifier la famille de deux personnes. C'est tout.

— Comment t'es-tu débrouillée ?

Lydia avait toujours su qu'elle pouvait se confier à sa mère, même si elles abordaient rarement ces questions. Henry ne faisait jamais allusion aux Crow devant sa femme, mais peut-être en parlaient-ils en privé.

— Aucune idée. C'était instinctif.

— Et quelle a été la réaction de Charlie ?

— Je pense qu'il était déjà au courant. À mon sujet, je veux dire. Je ne lui ai rien révélé qu'il ne soupçonnait déjà. Et toi, tu le savais ?

Susan acquiesça.

— Bien sûr. Malgré mes réticences, ton père me tenait informée de tes progrès depuis ta naissance. Nous n'avions aucun secret l'un pour l'autre. Il ne m'a jamais donné l'impression qu'il m'écartait de la Famille.

Lydia fut profondément touchée par ces paroles. Elle s'était toujours efforcée de rester loyale envers les siens en gardant pour elle secrets familiaux, si bien que c'était devenu une seconde nature dans toutes les situations, que ce soit au travail, envers Fleet, Emma ou les Crow. Elle pensait ainsi faire preuve d'intelligence, de prudence et agir dans l'intérêt de son clan. Mais n'était-pas une trahison, en réalité ?

— Et maintenant que tu es mouillée jusqu'au cou, tu es en danger, insista Susan. Tu ne peux pas continuer comme ça.

— Je compte repartir, répliqua impulsivement Lydia, soucieuse d'effacer l'expression d'inquiétude et de chagrin qu'elle lisait sur le visage de sa mère. Je vais retourner en Écosse ou à la maison. Tu as besoin d'aide à cause de papa.

Susan secoua la tête.

— Non. Tu seras toujours la bienvenue, tu le sais. C'est chez toi. Mais tu es revenue à Londres dans un but…

— D'ordre professionnel. Je n'avais pas le choix.

— Tu avais d'autres options.

Lydia ouvrit la bouche, puis se ravisa. Sa mère avait raison. Même si son retour à Camberwell avait été motivé par un logement gratuit (étant sans le sou, cela lui avait paru être la solution idéale), elle savait qu'elle prenait un risque. Elle aurait pu emprunter de l'argent et voyager en Europe durant quelques semaines, mais Camberwell l'attirait comme un aimant et elle avait cédé à la curiosité.

— Je voulais que tu aies le choix et c'est exactement ce qui s'est passé, reprit Susan. Maintenant, tu dois faire preuve de bon sens. Charlie vieillit. Qui prendra la relève après lui ?

— Ça ne m'intéresse pas.

— Peut-être, mais tu pourrais représenter un danger pour certains.

— Je devrais me méfier de ma propre famille ? Je croyais que la loyauté avait encore un sens. Je n'imagine pas qu'aucun d'entre nous puisse nuire à un Crow.

Susan secoua la tête.

— Écoute, ma chérie, tu as grandi bercée par les histoires de ton père. Il était très jeune quand il a quitté les siens. Avec le temps, les souvenirs s'estompent. La nostalgie est souvent associée à un passé idéalisé. C'est tout à fait naturel. Mais toi, tu vis dans le présent. J'ignore si un Crow causerait délibérément du tort à l'un des siens. Je ne sais pas non plus si quelqu'un cherche à destituer Charlie ou te perçoit comme une menace. Mais ne serait-il pas raisonnable d'envisager toutes les hypothèses ?

Lydia songea à certains comportement troublants qu'elle avait observés en tant que détective. Les êtres humains étaient souvent imprévisibles.

Susan sirota une gorgée de vin avant de poursuivre.

— Sans parler du danger le plus immédiat : les autres familles. Elles vont sans doute escompter que tu prendras la place de ton oncle. Or quel est le meilleur moyen d'éliminer une menace ? À ses débuts ou quand elle sera à l'apogée de son pouvoir ?

— Mais il y a la trêve, non ?

— Je suis réaliste. J'ai été élevée dans un monde normal par des parents ordinaires. Je n'ai pas été abreuvée d'histoires de familles magiques ni de trêves ancestrales. Et dans ce monde, les pactes sont rompus et les conflits éclatent. Ce n'est peut-être pas pour demain, mais tu dois t'y préparer.

Lydia n'en croyait pas ses oreilles. Entendre sa propre mère, Susan Sykes, tenir de tels propos était proprement sidérant.

— Que s'est-il passé ? J'ai appris que Charlie essayait de former Maddie. Sans succès, visiblement, raison pour laquelle il s'est tourné vers moi. Les Silver ont dérobé la coupe familiale du British Museum et ont mis la main sur une statuette ensorcelée, capable d'envoûter même les plus dénués de pouvoirs. Y a-t-il autre chose que j'ignore ?

Susan poussa une assiette de frites vers sa fille.

— Mange. Tu es trop mince.

— Maman, qu'est-ce qui a pu déclencher tout ça ? Que sais-tu réellement ?

Susan respira à fond, puis la regarda bien en face.

— Une chose est certaine, tu es la fille d'Henry Crow. Ton père n'est pas capable de garantir la sécurité de la Famille. Je croyais qu'il pourrait se rétablir, que sa lignée lui offrirait une certaine protection, mais son état ne cesse d'empirer.

— Maman…

— C'est grave, Lydia. Tu dois te montrer à la hauteur pour préserver la paix entre les Familles, protéger les Crow et te défendre.

— Maman, tu avais dit…

— Je sais que j'ai affirmé le contraire, coupa Susan. Mais les temps changent. D'ailleurs, tu as déjà fait ton choix. J'ai toujours souhaité que tu en aies la possibilité.

CHAPITRE SEPT

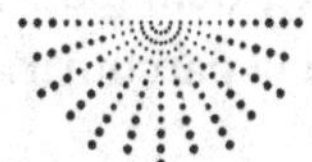

Peut-être était-ce à cause du vin, de l'étrangeté de la conversation avec sa mère ou d'un autre facteur que Lydia se refusait d'analyser, mais elle se surprit à appeler Paul Fox pour un rendez-vous.

Après avoir mûrement réfléchi, l'idée qu'il puisse lui demander d'enquêter sur un membre de sa famille à elle, une Crow, lui paraissait improbable. Ce qui signifiait qu'il n'était pas aussi sincère qu'il le prétendait. Elle lui avait pourtant accordé sa confiance et baissé sa garde. Rien de bon n'en résulterait.

Paul répondit aussitôt.

— Entendu. Je suis en ville en ce moment.

Lydia trouva refuge dans le calme de Saint-Paul, l'église des Acteurs, nichée derrière une petite place animée. Elle s'installa sur un banc, observant les pigeons qui gardaient leurs distances et offrit son visage à la caresse du soleil automnal.

Les yeux clos, elle perçut l'odeur d'un Fox dès que Paul pénétra dans le cimetière. Il descendit l'allée centrale avec l'assurance d'un chasseur.

— On marche un peu ? proposa-t-il sans prendre la peine de s'asseoir.

Lydia sauta sur ses pieds, agacée de sa docilité, mais estimant devoir choisir ses combats. Après tout, Paul avait répondu à son appel. C'était peut-être sa façon à lui de rétablir l'équilibre entre eux.

— Tu as bien déjeuné ? demanda-t-il.

Elle sentit un frisson la parcourir.

— Tu me surveilles ?

Il lui jeta un regard surpris.

— Pas du tout. C'est l'ail et le vin, expliqua-t-il en se frottant le nez. J'ai un sens de l'odorat très développé.

— C'est un peu flippant, non ?

L'estomac de Lydia fit un looping quand il lui offrit un sourire étincelant.

Ressaisis-toi, se dit-elle in petto. C'était la magie des Fox, rien de plus. Elle l'avait déjà affrontée par le passé.

Ils empruntèrent un chemin derrière l'église. Lydia gravit les marches du porche et s'arrêta un instant devant la porte où étaient affichés les horaires des messes, mais Paul continua d'avancer. Elle le rattrapa et se retrouva dans un espace lumineux aux murs couleur pêche et moulures de plâtre blanc, décoré de luxueux chandeliers. L'endroit possédait un charme théâtral, mais peut-être était-ce le pouvoir de suggestion. Lydia savait que l'église rendait hommage à des célébrités telles que Dame Ellen Terry, Charlie Chaplin et Vivien Leigh.

Elle suivit Paul qui déambulait le long des bas-côtés de la nef, s'arrêtant pour examiner les plaques commémoratives d'acteurs illustres. Il se planta devant celle de Noël Coward.

— J'espère que tu as des informations à me communiquer ? demanda-t-il.

Hormis quelques touristes, l'église était presque vide et personne ne leur prêtait attention. Pourtant, il parlait à voix basse, ce qui, dans ce contexte particulier, renforçait l'impression de complicité que Lydia ressentait entre eux. Était-ce délibéré ? Il était bien capable de la manipuler.

— Quelque chose m'échappe, répondit-elle, je ne sais pas quoi. Tu prétends t'inquiéter pour un membre de ta famille, pourtant tu es prêt à confier l'enquête à une Crow. Ça ne colle pas. Je sens que tu cherches à m'embrouiller, mais je ne comprends pas comment. J'aimerais que tu sois honnête.

Lydia craignit d'avoir élevé la voix car un homme toussota ostensiblement.

Paul lui saisit le coude et l'entraîna au fond de l'église.

— Je crois que tu es vraiment douée, dit-il avec conviction. Tu ne me crois peut-être pas, mais j'ai davantage confiance en toi qu'en n'importe quel détective trouvé en ligne.

Lydia n'en croyait pas un mot. Elle se campa devant lui et plongea son regard dans le sien.

— Je parie que ta famille a des contacts fiables et que tu es à même de retrouver un proche disparu par tes propres moyens, si ce n'est déjà fait.

Paul secoua la tête.

— Je ne connais pas tous mes proches. Nous ne sommes pas un gang criminel.

Lydia ignora l'ironie.

— Je croyais que les Fox étaient unis.

— C'est exact. Mais nous ne sommes pas si bien organisés et nous ne dirigeons pas une entreprise.

Lydia avait du mal à croire que les Fox étaient aussi affranchis que Paul le prétendait.

— Et la hiérarchie ? insista-t-elle. La protection de la famille ?

— Nous n'avons rien à voir avec les Crow. Nous ne cherchons pas à dominer ni à rivaliser. Nous n'avons pas de leader, contrairement à vous.

— Ton père devrait quand même être informé. Il me

semble que Tristan Fox est le patriarche, tout comme Charlie l'est pour les Crow.

— Rien à voir. Nous sommes différents. Une famille bien tranquille, normale, pas l'empire miniature que défend ton oncle.

— Une famille normale, vraiment ? répéta Lydia, incrédule.

— Je sais ce qu'on raconte sur nous. Nous sommes des arnaqueurs. On s'immisce partout, on escroque les gens et on trempe dans des combines louches. Et quand on conclut un marché avec nous, même si on pense avoir vérifié chaque détail, toutes les clauses, on pressent que ça va mal tourner, parce que c'est toujours le cas avec un Fox. Par conséquent, mieux vaut anticiper et nous poignarder dans le dos avant que l'un d'entre nous ne le fasse. C'est plus ou moins la réputation de notre famille, non ?

Lydia le fixa sans répondre.

— Je parle pour moi et pour de deux de mes frères, précisa Paul.

— Et je devrais te faire confiance ? Croire que tu n'es pas comme ton père ?

— Parce que toi, tu ressembles au tien ?

— Ne le mêle pas à ça.

Paul s'approcha d'elle.

— Il voulait te tenir à l'écart, hein ? Je me rappelle quand on sortait ensemble. Tu étais toujours stressée à cause de lui. Perdue, déboussolée, et surtout très en colère. C'est ce qui m'attirait chez toi.

Un couple qui sortait de l'église entendit Lydia jurer et lui lança un regard désapprobateur.

— Tu ne m'aimais pas. Tu cherchais à me manipuler, à inventer des histoires à mon sujet. Félicitations. Tu as réussi.

— Je ne suis pas ton ennemi.

— Le chantage n'est pas la meilleure façon de le prouver.

— Je ne te ferai jamais de mal.

— Je ne te crois pas.

— Je sais.

Paul pencha la tête, comme pour mieux l'évaluer. Ils étaient tout proches, à quelques centimètres l'un de l'autre. Lydia était coincée avec le mur dans son dos. Elle ne parvenait pas à dissimuler son effroi. Paul recula d'un pas, levant les mains en signe d'apaisement.

Lydia se demanda quelle serait sa prochaine action. L'agresser ? Ou l'embrasser ?

— Touche-moi, tu verras si je mens, suggéra-t-il.

— Qu'est-ce que tu insinues ?

— Tu es la Crow la plus puissante que je connaisse. J'en sais quelque chose, vu le temps que j'ai passé avec ta cousine. Si tu poses ta main là, poursuivit-il en tapotant sa poitrine, tu sauras que je suis réglo. Nous n'avancerons pas tant que tu douteras de moi. Je suis fatigué de te voir aussi méfiante, comme si j'allais te trahir à chaque instant. Il faut que ça s'arrête.

C'était probablement un piège. Ou un stratagème destiné à la ridiculiser. Pourtant, Lydia s'exécuta et posa les doigts sur la poitrine de Paul. Elle sentit sa chaleur. Heureusement, elle avait appris à résister à son attirance, sinon elle aurait pu se laisser aller à son désir. Elle prit une profonde inspiration et fit appel à son don spécial, celui qui lui permettait de distinguer un Fox, un Pearl, un Silver ou un Crow. En fermant les yeux, elle sut que Paul ne mentait pas avec cette évidence instinctive qu'elle éprouvait en présence des pouvoirs des quatre familles.

En ouvrant les yeux, Lydia considéra l'éventualité que la magie d'un Fox puisse surpasser la sienne. C'était la première fois qu'elle parvenait à détecter la vérité de cette manière. Quoi qu'il en soit, son jugement sur Paul avait évolué, c'était incontestable.

— D'accord, dit-elle en retirant sa main. Je veux bien croire que tu ne cherches pas à me nuire.

Il la gratifia d'un sourire éblouissant.

— Bravo ! Tu as enfin pigé !

LYDIA RENTRA À PIED. ELLE AVAIT BESOIN D'EXERCICE. Marcher l'aidait à réfléchir et il lui fallait mettre de l'ordre dans ses idées et reprendre ses esprits. Elle avait envisagé de se rendre directement chez Fleet pour se jeter dans ses bras, mais après réflexion, cela lui semblait prématuré, tant qu'elle pensait encore à Paul.

En outre, la journée était magnifique et elle comptait bien en profiter. L'air était frais et le ciel d'un bleu éclatant. Quel soulagement de savoir que Paul Fox ne lui voulait pas de mal.

Elle traversa la rue en évitant un groupe venant en sens inverse. Son téléphone sonna. C'était Emma. Lydia se reprocha d'avoir encore été aux abonnés absents. Tom avait fini par révéler sa maladie à sa femme, ce qui l'avait bouleversée et soulagée à la fois. Craignant que le comportement instable et les sautes d'humeur de son mari soient dus à une autre femme, Emma avait été curieusement apaisée d'apprendre qu'il souffrait de colite ulcéreuse.

Par discrétion, Lydia s'était mise en retrait, estimant qu'ils avaient besoin d'intimité, d'autant que son amie n'aimerait pas se rappeler avoir insisté pour que Lydia enquête sur son mari. Pour l'heure, il lui fallait admettre qu'elle avait du mal à jongler avec ses nombreuses obligations. Comme souvent.

Elle s'empressa de répondre avant de changer d'avis. Si Emma était furieuse et contrariée, elle le méritait. Par bonheur, son amie n'était pas rancunière, l'une des nombreuses qualités que Lydia appréciait chez elle.

— Les fruits secs sont apparemment interdits, annonça Emma.

— Archie ? hasarda Lydia.

— Non, Tom. Mais j'ai une bonne nouvelle. Son dernier bilan est concluant. Le médecin pense qu'il est en voie de rémission.

— C'est génial !

Lydia était sincèrement ravie pour Tom. Le diagnostic de colite ulcéreuse avait été une période angoissante, mais avec le bon traitement, il allait beaucoup mieux. Et se confier à Emma l'avait également soulagé. Lydia comprenait son désir de protéger sa femme, mais dans sa profession, elle voyait très souvent les relations se détériorer en raison d'un manque de confiance et de communication. Le poids des petits secrets pouvaient empoisonner la vie, même pour la bonne cause.

— Ça va ? poursuivit Emma. Pas trop surchargée ?

Son amie savait que c'était le lot des travailleurs indépendants : trop de travail ou pas assez. Parfois Lydia se lamentait du manque de contrats, ou au contraire, elle était débordée, si bien qu'elle avait l'impression de péter un plomb à cause du manque de sommeil.

— Ça va, mentit-elle pour ne pas inquiéter Emma.

Elle perçut un bruit de respiration, puis une voix d'enfant prononça « lo ».

— Coucou Maisie-Maise, lança Lydia, comprenant que la petite s'était emparée du téléphone.

Un remue-ménage s'ensuivit.

— Désolée, je dois filer dit précipitamment Emma.

— Tout va bien ?

— Oui, c'est seulement…. (Un hurlement de Maisie l'interrompit.) Enfin, tu sais…

— Je comprends, répondit Lydia, mais Emma avait déjà raccroché.

Elle rangea l'appareil avec un pincement au cœur. Dans leur enfance, on leur avait raconté des histoires différentes à Paul et à elle. On leur avait appris à se méfier l'un de l'autre, ou pire, à se considérer comme des ennemis. Quant à

Emma, elle avait grandi dans un contexte différent où les familles magiques de Londres représentaient un conte de fées, un mythe.

C'étaient alors des gamins, guidés par leur héritage, leurs parents, leur destin. Mais Lydia était déterminée à tracer son propre chemin.

De retour chez elle, Lydia s'apprêtait à se servir un verre pour s'aider à dormir, quand Faisal l'appela.

— Vous m'avez demandé de vous prévenir si je remarquais un événement inhabituel.

— Absolument, confirma Lydia, fixant la bouteille de whisky avec regret. De quoi s'agit-il ?

— Un collègue machiniste m'a parlé d'un wagon resté vide dans sa rame toute la journée.

— Comment ça ?

— Les voyageurs évitaient ce wagon. J'ai visionné les vidéos des huit dernières heures. On dirait que les gens sont repoussés par quelque chose. Les portes s'ouvrent, le wagon est vide, mais ils choisissent le suivant, même s'il est plein à craquer.

— Toute la journée ?

— Oui. Je regarde la vidéo en temps réel, et c'est encore le cas. Bien sûr, il n'y a pas grand monde à cette heure, c'est donc moins évident, mais personne ne monte, je vous assure.

— Sur quelle ligne ?

— Victoria.

Lydia maudit intérieurement Paul Fox, le monde entier et son insatiable curiosité.

— J'arrive.

Faisal lui envoya par texto les horaires du prochain passage du train. Lydia se rendit à Kennington, puis emprunta la ligne Northern jusqu'à Warren Street. De là, elle changea pour Victoria et patienta sur le quai. Un groupe de fêtards discutait bruyamment d'une soirée passée ou à venir, tandis que d'autres voyageurs et quelques couples attendaient non loin. Lydia gagna l'extrémité du quai afin de monter dans le dernier wagon. Elle se remémora les tunnels abandonnés qu'elle avait explorés, se demandant ce qui pouvait bien se cacher dans ce labyrinthe obscur de couloirs, de passages et de conduits de ventilation.

Il était presque 23 heures quand elle sentit l'air chaud précédant l'arrivée du train. Elle distingua brièvement le conducteur, puis les wagons défilèrent. Ils semblaient tous occupés, ce qui la fit douter. Peut-être s'était-elle trompée ou bien Faisal avait-il commis une erreur ? Le métro s'arrêta, les portes s'ouvrirent et Lydia monta dans la dernière voiture au moment où une annonce rappelait de « faire attention à la marche ».

Faisal avait tort. Le wagon n'était pas vide. Un homme occupait l'un des sièges du milieu, les mains posées sur ses genoux.

CHAPITRE HUIT

En l'observant de plus près, Lydia nota un détail d'importance. L'homme était mort. Elle reconnut les longs cheveux bruns qui retombaient sur ses épaules comme des queues de rat emmêlées, ses singuliers yeux noisette qui viraient au jaune sous la lumière artificielle et, surtout, sa légère transparence.

Il fixait la fenêtre opposée et, quand le train s'ébranla, il tourna lentement la tête vers elle, l'air morose. Lydia se cramponna à une barre, tandis que la voiture tanguait en accélérant. Elle aurait dû s'asseoir, montrer qu'elle n'était pas une menace, mais ses jambes ne lui obéissaient plus. Agaçant.

— Rebonjour, lança-t-elle avec une gaieté feinte.

L'homme scintilla, un peu comme Jason quand il était contrarié, en plus intense. Lydia éprouva une douleur lancinante derrière les yeux quand sa silhouette se mit à fluctuer.

— Je ne vous veux aucun mal, poursuivit-elle. Je suis venue vous aider.

Il inclina légèrement la tête. Lydia espérait avoir capté son attention.

— C'est formidable que vous puissiez vous déplacer comme vous voulez. Les fantômes que je connais se retrouvent généralement coincés dans un endroit précis sans pouvoir en sortir.

Le spectre poussa un cri silencieux.

Quelle idiote elle était d'avoir lâché ce mot. Mais il devait déjà savoir qu'il était mort, non ? Elle se creusa la tête pour trouver des paroles de réconfort.

— Je suis désolée pour ce qui vous est arrivé, enchaîna-t-elle. Vous devez être perdu, désorienté. J'aimerais pouvoir vous aider, je vous assure. Je suis de votre côté.

Le fantôme se leva et se mit à trembler violemment, la bouche béante dans un horrible rictus.

— Non, ne faites pas ça, je vous en prie ! s'écria Lydia d'une voix blanche.

Il continua à avancer d'un mouvement saccadé, effrayant, tandis que le train accélérait en bringuebalant sur les rails.

— Vous êtes un Fox, n'est-ce pas ? bredouilla-t-elle. Comment vous appelez-vous ? Moi, c'est Lydia. Enchantée.

Son esprit s'emballait, submergé par l'angoisse. *S'il vous plaît, écartez-vous, ne faites pas comme l'autre fois, je vous en prie.*

Le fantôme disparut pour reparaître à l'autre extrémité du wagon. Lydia éprouva une vague de soulagement. Il n'allait pas tenter de fusionner avec elle, ni de l'attaquer. Puis il traversa la paroi et se volatilisa.

Elle poursuivit jusqu'au terminus, puis rebroussa chemin, partagée entre l'espoir et l'inquiétude. Elle aurait voulu revoir le fantôme afin de lui parler, même si elle savait qu'elle se mentait à elle-même.

Quelques rares voyageurs montèrent dans le wagon.

C'était le terminus et les quais étaient quasi déserts. Dans la fenêtre d'en face, elle observa son reflet vacillant et tremblotant au gré des secousses et de la lumière fluctuante du métro. Au bout d'un moment, elle était dans une sorte d'état second et des pensées parasites, inutiles, se bousculaient dans sa tête. Elle s'imagina en tant que fantôme fugace et éphémère.

En sortant, la fraîcheur nocturne la saisit, chassant ses idées morbides.

De retour à *The Fork*, Lydia monta directement à l'étage et appela Jason à grands cris. Il ne se manifesta pas. Il se trouvait probablement dans sa cachette favorite, quelque part au rez-de-chaussée, reluquant les clients qui prenaient leur petit déjeuner, à moins qu'il n'ait délibérément choisi de la snober.

— Jason ! Il faut que je te parle !

Lydia s'attarda dans l'encadrement de la porte séparant son bureau de la petite cuisine. Si seulement il existait un moyen de convoquer les esprits ! Comme peindre un symbole sur le sol, brûler une chandelle spéciale, ou marmonner quelques mots en latin dans les vapeurs d'encens ? Confondait-elle avec des rituels démoniaques ?

Les placards ne renfermaient rien d'ésotérique. Pas même une simple bougie de cire. Elle alluma son briquet et s'égosilla :

— Jason ! Rapplique en vitesse, sinon tu peux toujours attendre pour que je t'achète des fournitures !

À la chute subite de la température, elle devina qu'il était là avant même de se retourner pour le découvrir devant le comptoir.

— On se calme ! dit-il, la mine boudeuse.

— Désolée, dit Lydia, mais il y a urgence.

— Je ne crois pas, puisque personne n'a essayé de te tuer, cette fois.

Lydia ne releva pas.

— Tu te souviens du fantôme du métro ? Je l'ai revu aujourd'hui.

Jason se radoucit.

— Dans un wagon ?

— Oui, loin de l'endroit où je l'ai rencontré la première fois. Étonnant, hein ?

Jason croisa les bras, l'air songeur.

— Donc, tout le monde n'est pas logé à la même enseigne. Est-ce que je suis une exception ?

— À moins qu'il ne soit pas mort là où je l'ai découvert, mais dans le métro. On l'aurait déplacé ensuite. Remarque, ce serait difficile avec toutes les caméras de surveillance.

— Ça n'a aucun sens. Je serais le seul fantôme bloqué ici ? C'est bien ma veine.

— Il ne faut pas tirer de conclusions hâtives. Je m'efforce de garder un esprit éclairé et d'examiner les différentes hypothèses. J'essaye d'améliorer mes facultés cognitives.

— Tes quoi ?

— Mes capacités de raisonnement, si tu préfères.

Jason attrapa la bouilloire et la remplit.

— Je vois.

— Mais si cet individu est bien mort à l'endroit où je l'ai trouvé, alors tu as raison. Il n'y a pas de loi universelle. Par conséquent, rien ne nous empêche de la contourner. C'est une bonne nouvelle.

Jason sortit deux tasses d'un placard.

— Tu as pu lui parler ?

— Pas vraiment. Comme la dernière fois, j'ai monologué et il a déguerpi avec un cri muet.

— Il a filé ? Comment ça ?

— Par le fond du wagon.

Jason versa l'eau dans les tasses sans attendre qu'elle ait bouilli, ni ajouter du thé ou du café. Il était visiblement préoccupé.

— Si nous réussissons à éclaircir la cause de ta mort, tu ne seras peut-être plus prisonnier ici. Tu pourrais m'accompagner et communiquer avec lui. Entre fantômes, on se comprend, et tu m'aiderais à résoudre cette affaire.

— Sauf si je me désintègre à la lumière du jour, objecta Jason, usant de son argument habituel sans grande conviction, contrairement à son habitude.

Il hésitait et Lydia en profita.

— La liberté, Jason, réfléchis un peu. Et si tu m'assistais sur d'autres enquêtes ? On filerait les conjoints adultères dans des hôtels de passe. Passionnant ! Tu pourrais aller où bon te semble : à la fac, au cinéma ou même visiter la National Gallery.

— Je pense qu'il avait peur, ton fantôme.

— Il en avait tout l'air, en effet.

Et en colère aussi.

Jason lui tendit une tasse d'eau froide.

— D'accord. Tu as le champ libre.

— Tu es sûr ?

— Non, mais j'aimerais aider ce type. Ou du moins essayer. Nous sommes peut-être les seuls esprits errants de Londres.

— Je te tiendrai informé au fur et à mesure.

— Non. Je préfère pas. Tiens-moi au courant quand tu auras quelque chose de concret, comme si j'étais l'un de tes clients. Je te fais confiance.

— Merci, dit Lydia, touchée. Je ne te laisserai pas tomber et il ne t'arrivera rien de fâcheux, je te le promets, conclut-elle en se dirigeant vers son bureau.

Jason esquissa un semblant de sourire.

— Tu ne t'avances pas un peu trop, là ?

Lydia ouvrit la bouche, mais il l'interrompit en levant sa tasse en guise de salut.

— Je suis sûr que tu feras de ton mieux.

Elle s'y emploierait. Elle résoudrait l'énigme de la mort

de Jason pour le délivrer. Ensuite, il parlerait au fantôme du métro et éluciderait l'affaire Fox. Elle pourrait enfin se consacrer à ses enquêtes et faire tourner son agence. Simple comme bonjour.

CHAPITRE NEUF

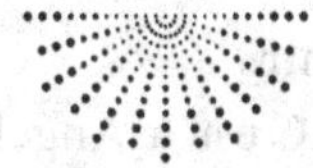

Dès qu'elle eut mis un pied dans la maison, Lydia comprit que sa mère n'était pas là. Personne ne vint l'accueillir dans le vestibule malgré son salut tonitruant. Elle entendit des voix masculines et sentit une boule dans sa gorge. *Oncle Charlie.*

Elle poussa le battant entrouvert du salon.

— Bonjour, Papa ! Oncle Charlie !

Charlie se leva, la saisit par les épaules et l'embrassa sur les deux joues. Sa présence imposante emplissait toute la pièce, tandis que son père semblait insignifiant à côté de lui.

Henry cligna des yeux, hésitant, puis esquissa un sourire timide.

— Bonjour, ma chérie.

Lydia se pencha et embrassa la joue rêche de son père. Elle perçut un crissement de barbe naissante et une odeur d'ozone.

— Je suis contente de te voir, mentit-elle à son oncle. Je voulais justement te poser une question au sujet de *The Fork*.

Henry parut interloqué.

— Le restaurant de Well Street ? Il n'est pas fermé ?

— Charlie l'a rouvert, Papa, expliqua Lydia. Je loge dans

l'appartement au-dessus. Angel s'occupe de la cuisine. Ça marche bien, n'est-ce pas ? ajouta-t-elle à l'adresse de son oncle.

— Parfaitement, confirma Charlie. Qu'est-ce que tu voulais savoir ?

— Est-ce qu'on privatise la salle pour des événements privés ?

Charlie parut réfléchir.

— Je ne sais pas… C'est à Angel de décider. Tu as un projet ?

— Pas spécialement. On m'a posé la question et je ne savais pas quoi répondre. Mieux valait demander directement au propriétaire. Angel était occupée. Il y avait un monde fou, aujourd'hui. Au fait, pour quelle raison *The Fork* a-t-il été fermé ? ajouta-t-elle en pressant doucement la main de son père qu'elle observait attentivement.

— C'est du passé, intervint Charlie. Qui s'en souvient ?

— Je sais qu'il était en activité dans les années quatre-vingt et qu'il accueillait des événements, insista Lydia.

Un éclair traversa le regard de son père.

— Vous ressemblez beaucoup à ma petite fille, murmura-t-il.

— C'est toi qui t'occupais des réservations à l'époque ? demanda-t-elle, évitant de croiser le regard de son oncle.

— Oui. Il y avait beaucoup de fêtes. La croisée des chemins, choisir sa voie, s'aventurer, trouver sa place… La nécessité d'effectuer un bon choix. Tu l'as fait ? demanda-t-il brusquement en saisissant la main de Lydia, ses ongles trop longs s'enfonçant dans sa chair.

— J'ai fait quoi, Papa ?

Mais son père semblait ailleurs, les yeux fixés sur le tournoi de snooker à la télévision.

— J'ai envie d'un thé, annonça-t-elle au bout d'un moment. Je n'ai pas arrêté depuis ce matin, ajouta-t-elle, espérant que Charlie proposerait de s'en charger, la laissant en tête à tête avec son père.

— Ton père voulait parler de magie, expliqua Charlie sans esquisser un geste. Tu veux du thé ? ajouta-t-il à l'intention de son frère. Lydia va mettre de l'eau à chauffer.

Henry ne répondit pas.

— Je suppose que ça veut dire non, dit-elle en se dirigeant vers la cuisine. Elle prépara deux tasses en prenant son temps, espérant que Charlie se lèverait pour aller aux toilettes. Il n'en fit rien. Avec un soupir, elle retourna au salon.

— Voilà pour toi, dit-elle en tendant une tasse à Charlie.

Elle devrait questionner son père en présence de son oncle, elle n'avait pas le choix. Elle reprit la main d'Henry, le suppliant du regard de revenir à la réalité.

— Papa, tu te rappelles la fête pour le mariage d'Amy Silver au restaurant ?

— N'importune pas ton père avec ça, intervint Charlie. C'est de l'histoire ancienne.

— Il y a eu un drame ce jour-là, continua Lydia sans l'écouter, les yeux rivés sur son père. Deux personnes ont trouvé la mort.

— Qu'est-ce que c'est que cette histoire de fête et de réservation ? Pourquoi t'y intéresses-tu soudain ?

— J'aimerais être au courant des histoires de famille, maintenant que je suis de retour à Camberwell. J'ai l'impression d'avoir de sérieuses lacunes.

— Je croyais que tu ne voulais pas t'en mêler.

— Ne pas s'en mêler ne signifie pas rester dans l'ignorance. Je suis tombée par hasard sur un article mentionnant une tragédie lors d'une cérémonie de mariage à *The Fork*. Ça m'a interpellée.

— Quelle journée mémorable ! jubila Charlie en la serrant dans ses bras. Tu es vraiment de retour, on dirait.

Lydia se dégagea.

— Je suis détective, n'oublie pas.

Son oncle ne se départit pas de son sourire. Lydia se sentit mal à l'aise. Elle avait sans doute commis un impair, raison pour laquelle il paraissait si content. Mais au point où elle en était, impossible de reculer.

— Papa, tu te rappelles pourquoi les Silver avaient organisé cette fête à *The Fork* ? insista-t-elle.

— Les Silver avaient leurs raisons, répondit Henry sans quitter la télévision des yeux.

— Qui aurait pu en vouloir à Amy Silver et à son mari ?

Henry secoua la tête, les lèvres pincées. Il fixait toujours l'écran, mais Lydia remarqua sa réticence. Il refusait délibérément de croiser son regard.

— Ta mère va bientôt rentrer, signala Charlie. Elle est sortie un moment.

— Seule ? s'étonna Lydia.

— Oui, pendant que je suis avec ton père.

Lydia eut un déclic. Ne voulant pas laisser son mari sans compagnie, Susan avait saisi l'occasion pour s'échapper de la maison.

— Elle voulait sans doute t'éviter. Elle ne te porte pas dans son cœur.

Charlie afficha un sourire carnassier.

— Tout le monde m'aime.

— Sauf maman.

Lydia ignorait pourquoi elle s'acharnait ainsi. Sans doute parce qu'elle enrageait à cause de la faiblesse de son père. Elle voulait se défouler sur quelque chose ou quelqu'un, et c'était tombé sur Charlie.

Elle prit congé et quitta la pièce en trombe. Une fois dans la rue, elle enroula les bras autour de son corps, anéantie. Voir son père si diminué provoquait en elle une douleur quasi physique. L'arrivée soudaine de Charlie la prit par surprise.

— Je te dépose en ville ? demanda-t-il.

— J'ai ma voiture.

— Tu appelles ça une voiture ?

— Elle est parfaite pour mon travail.

— Elle n'a rien d'extraordinaire.

— C'est bien ce que je dis. Elle est parfaite.

— Je suis mal placé pour te donner des conseils là-dessus. Avant que j'oublie, j'aimerais que tu assistes à une réunion cette semaine, au restaurant, pour me donner ton avis…

— Entendu, dit Lydia, le ventre noué.

— Son oncle lui proposait un logement gratuit en échange de « petits services » : utiliser ses dons pour lui révéler des informations sur l'histoire familiale, voire les capacités de ses associés. Jusque-là, elle avait réussi à garder secret son pouvoir de communiquer avec les esprits et d'agir, telle une source d'énergie, sur certaines personnes. Elle craignait qu'il ne le découvre un jour. La soif de pouvoir de son oncle était sans mesure et elle redoutait sa réaction s'il venait à l'apprendre.

— C'est une chance qu'on se soit croisés aujourd'hui, reprit Charlie. Je me demandais si tu voulais en apprendre davantage sur les affaires familiales.

— J'ai ma propre entreprise. Mais merci quand même.

— Tu ne veux pas en savoir plus sur notre famille, les Crow, nos compétences ?

— Des histoires anciennes ? rétorqua Lydia, feignant l'ennui. J'en ai entendu parler quand j'étais enfant.

— Tu sais que j'ai travaillé avec ta cousine Maddie. Elle avait du potentiel.

Maddie avait manifesté un pouvoir inédit dans la famille depuis des générations, ce qui avait enthousiasmé Charlie jusqu'à ce que Maddie se rebelle et disparaisse. Lydia n'avait aucune intention de l'imiter et préférait cacher ses facultés à son oncle.

— Tu es au courant de mon potentiel, objecta-t-elle.

— Tu n'aimerais pas le développer ?

— Pas vraiment…

Charlie parut déçu, il se ressaisit et la serra dans ses bras.

— La famille est précieuse, Lyds. Rien n'est plus important pour moi que ton bonheur et ton bien-être. Je serai toujours là pour toi, tu le sais, n'est-ce pas ?

Prise au dépourvu par cette démonstration d'affection intempestive, Lydia répondit par un bref « bien sûr », telle une adolescente effarouchée, et se sauva.

CHAPITRE DIX

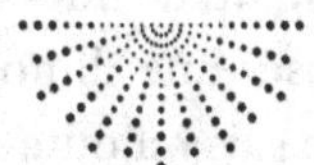

Enveloppée dans un sweat à capuche appartenant à Fleet, Lydia était installée sur la terrasse dans l'élégant fauteuil en rotin qu'elle venait d'acquérir. Elle posa sa tasse de café sur la petite table à côté d'elle. Un avant-goût de paradis.

Jason qui déambulait sans but s'immobilisa et jeta un regard d'envie par-dessus la balustrade. Il se pencha le plus loin possible jusqu'à ce qu'une force invisible l'attire en arrière.

— Tu te rappelles le jour de ton mariage ? questionna Lydia.

Jason détourna le regard de la ruelle en contrebas.

— Le jour de ma mort, tu veux dire ? Tu me demandes de te raconter comment j'ai perdu la vie ? Si c'était possible, tu n'aurais plus besoin d'enquêter.

— Je sais, dit Lydia d'un ton conciliant.

Un doute l'envahit : et si le fantôme du Fox n'arrivait pas, comme Jason, à se souvenir de son décès ? En l'absence d'un plan de secours, elle devait persévérer malgré l'absurdité de la situation.

— Il faisait beau, reprit Jason. La radio du taxi diffusait *Dead or Alive*.

— Vous vous êtes rendus au restaurant en taxi après la mairie ?

Jason acquiesça.

— Ce n'était pas une question d'argent... Enfin, je ne pense pas.... Amy souhaitait une cérémonie simple. Ses parents avaient proposé une limousine, mais elle avait refusé. Elle était cool, tu sais ? ajouta-t-il, les yeux humides.

— Tu t'entendais bien avec eux ?

— Oui, je crois. Je les ai très peu connus. De toute façon, ils ne se seraient pas opposés à notre union, même s'ils n'avaient pas été d'accord. Ils étaient trop intelligents pour ça.

— C'est-à-dire ?

— Amy savait ce qu'elle voulait, personne ne pouvait s'opposer à sa volonté. Si ses parents m'avaient désapprouvé, elle se serait montrée encore plus obstinée, ils en avaient conscience.

— Ils ne t'aimaient pas ?

Jason haussa les épaules. Il vacillait légèrement, manifestement très ému. Lydia craignait qu'il se désintègre sous peu.

— C'était une fille exceptionnelle, n'est-ce pas ?

Jason parut se rasséréner.

- Oui, elle était formidable.

— Est-ce qu'elle parlait de sa famille ? Des Silver ?

— Jamais. J'avais l'impression qu'elle se rebellait contre ses origines. J'étais si heureux avec elle que je ne posais pas de question. Je pensais... que nous aurions tout le temps puisque nous allions fonder une famille et vieillir ensemble. J'aurais appris à mieux connaître ses parents, elle se serait réconciliée avec eux et puis...

Lydia posa une main sur son bras pour le réconforter et le sentit se solidifier sous ses doigts.

Jason lui décocha un sourire.

— C'est curieux. On dirait que je suis vraiment là.

— Mais c'est vrai.

— J'ai toujours été logique et rationnel. Contrairement à Amy, je n'ai jamais cru à la vie après la mort, aux esprits, etc. Elle adorait les histoires de fantômes et les médiums. Quand elle était petite, elle organisait des séances de spiritisme avec ses amies lors des soirées pyjama. C'est elle qui aurait dû être ici, à ma place.

— Est-ce que ça fonctionnait ? Ses séances, je veux dire.

— Bien sûr que non. C'est du grand n'importe quoi.

Comprenant ce qu'il venait de dire, il éclata de rire. Lydia se sentit soudain beaucoup mieux. Qui aurait cru qu'un fantôme pouvait lui procurer un tel réconfort ?

N'ayant trouvé aucune information sur la tragique disparition d'Amy et de Jason le jour de leur mariage, Lydia était convaincue que l'affaire avait été étouffée. Probablement par les Silver. Ils avaient le bras long. Alejandro ou Maria pourraient probablement la renseigner, mais elle doutait qu'ils soient disposés à le faire. Elle pourrait demander à Fleet d'enquêter à ce sujet, seulement ce n'était pas aussi facile qu'auparavant. Il devrait fournir une bonne raison pour rouvrir une enquête classée sans suite, ou même rechercher un nom dans les archives de la police. Elle se demanda s'il existait une méthode plus directe de résoudre cette question. Puisque Londres semblait receler bien des mystères, pourquoi ne pas s'adresser directement à Amy ?

Elle récupéra son téléphone sur le bureau, où elle l'avait posé pour le recharger, et appela Emma.

— Salut ! lança-t-elle gaiement.

— Tu n'imagines pas ce que mon petit Archie a jeté dans les toilettes.

— Je te dérange ?

— Si je raccroche, je devrai attendre jusqu'à la Saint-Glinglin que tu me rappelles.

Lydia encaissa sans broncher le reproche sous-entendu.

— Je suis désolée.

— Je plaisante. Je sais que tu es occupée. Maintenant, essaye de deviner. Tu ne trouveras jamais.

— Euh… c'est vivant ?

— Bien sûr que non ! Mon fils n'est pas débile !

— Tu as raison. Excuse-moi. (Lydia tenta de se mettre à la place d'Archie ; un petit chenapan de 6 ans aux fossettes irrésistibles.) Un livre ?

— Il n'oserait pas. Retourne tout de suite dans ta chambre ! s'exclama Emma, sur un autre ton. Désolée, il est puni. Il n'a pas le droit de sortir.

— Un fruit ?

— Bien vu, mais non.

— Je donne ma langue au chat, concéda Lydia, songeant pour la énième fois qu'elle devrait vivre avec Emma pour voir la vie en rose.

— Ce petit sacripant a vidé mon sac à main dans la cuvette : lunettes de soleil, portefeuille, clés de la maison… tout.

— Qu'est-ce qui lui a pris ?

— Il prétendait vouloir m'empêcher de sortir, mais c'est un mensonge. Je pense que c'était pour voir ce qui allait se passer. Les enfants sont comme ça. Curieux et impulsifs. Ça te rappelle quelqu'un ?

Lydia sourit.

— Tu t'es remise à sortir ?

— Ne change pas de sujet. C'est de toi qu'il s'agit. Tu as eu maille à partir avec d'autres individus louches récemment ? J'espère que tu fais gaffe.

Lydia savait que son mode de vie terrifiait son amie et l'inquiétude que celle-ci lui manifestait la touchait bien plus qu'elle ne l'aurait avoué.

— Quelle question !

— Je te crois. Alors, quand viens-tu me voir ?

— Et si tu passais chez moi ce soir ?

— D'accord.

— Inutile de te dire que c'est intéressé.

— J'ai accepté et je ne vais pas changer d'avis. J'ai besoin de décompresser. J'adore mes enfants, mais une pause serait la bienvenue.

— Tu as toujours ta planche Ouija ?

Son père la lui avait rapportée d'un voyage aux États-Unis et Emma avait été la star des soirées pyjama jusqu'à la fin de l'année scolaire. Lydia, qui avait catégoriquement refusé de participer, espérait que son amie avait oublié ce détail.

— La fameuse planche du diable ?

Apparemment ce n'était pas le cas.

— Oui.

— Eh bien, voilà une journée pleine de surprises ! Tu fournis le vin et moi, j'apporte le jeu de société ringard.

CE SOIR-LÀ, LYDIA REMBARRA FLEET.

— J'ai rendez-vous avec Emma.

— Quand aurais-je le plaisir de faire sa connaissance ?

— Pas aujourd'hui, en tout cas.

— Loin de moi cette idée. Je sais que vous ne vous êtes pas vues depuis une éternité. Je voulais juste savoir où nous en étions dans notre relation.

Postée devant la fenêtre, Lydia regardait distraitement la rue en contrebas. Elle cherchait une échappatoire à la conversation. Une parade de chevaux blancs traversant la chaussée, voire une simple bagarre devant un pub lui auraient donné une excuse pour changer de sujet. Hélas, la rue restait désespérément vide !

— J'ai la réponse, dit Fleet.

— Ce n'est pas ce que tu crois. Je suis un peu… tourne-boulée en ce moment.

— Par mon charme irrésistible ? ironisa Fleet, reprenant son ton léger habituel.

Lydia poussa un soupir de soulagement.

— Non, à cause du boulot et de la famille, comme toujours.

— Je comprends. Désolé d'avoir insisté. Je suis du genre fonceur. Si j'attendais que mes fonctions m'en laissent le loisir, je n'aurais jamais un moment à moi.

— Tu as raison, mais j'ai besoin de temps pour m'y faire.

— Prends le temps qu'il te faut.

— Entendu.

Lydia raccrocha et s'aperçut qu'elle souriait.

Quand Emma débarqua ce soir-là avec la planche Ouija dans une boîte sommairement rafistolée et un paquet de biscuits au chocolat, Lydia terminait de rincer le carton vide de son dîner avant de le jeter dans le bac de recyclage qui débordait.

Elles évoquèrent les dernières facéties d'Archie et la santé de Tom, pendant que Lydia servait deux verres de vin et disposait des bougies parfumées « fraîcheur de coton ». Achetées à la supérette du coin, elles n'étaient pas vraiment propices à une ambiance occulte, mais elle était résignée à faire contre mauvaise fortune bon cœur. Elle avait prévenu Jason, qui avait décidé d'assister à la séance. L'étincelle d'espoir qu'elle décela dans ses yeux lui noua l'estomac.

La planche était posée par terre dans le salon, entre le bureau et le canapé. Emma se plaça d'un côté, Lydia de l'autre, tandis que, installé sur le divan, Jason les observait à bonne distance. À son expression crispée et à la manière dont il flottait presque sur les coussins, Lydia comprit qu'il était terriblement stressé.

— Tu te rappelles comment ça marche ?

Emma gratifia son amie d'un large sourire.

— Je croyais que ça ne marchait pas.

Lydia soutint son regard.

— C'est ce que je pensais avant. Maintenant, je suis moins catégorique. Ça pourrait fonctionner, on ne sait jamais.

Emma avait l'air aussi excitée que le jour où elle avait déniché une magnifique paire d'escarpins jaunes soldés à dix livres, alors qu'ils en coûtaient cent à l'origine.

— Je suis sérieuse, souligna Lydia

Elle avait conscience de l'énormité qu'elle suggérait : un monde aux frontières du réel. Emma pensait vivre une expérience extraordinaire, peut-être même la preuve de l'existence de l'au-delà, de immortalité de l'âme, etc., mais la vérité était autrement plus effrayante. Lydia avait beau être une Crow, elle n'avait jamais pu s'y habituer.

Elle jeta un rapide coup d'œil à Jason. Les mains crispées, les doigts croisés, les manches retroussées plus haut que d'ordinaire, il semblait déterminé comme jamais.

Emma surprit son regard.

— Qu'y a-t-il ?

— Rien.

Elle lui révélerait plus tard la présence d'un fantôme dans la pièce. Ou plutôt jamais.

Lydia ouvrit la boîte.

— Tu as besoin du mode d'emploi ?

— Non. Je le connais par cœur.

Une fois les bougies allumées et les lumières éteintes, Lydia regagna sa place. Emma, assise en tailleur, l'air très concentré, lui rappelait ses années scolaires. Douze années écoulées lui revinrent en mémoire en un instant.

— J'invite mon guide spirituel à se joindre à nous, commença Emma. Je l'implore de veiller sur moi et de me guider pendant que j'essaye de communiquer avec l'autre monde.

— Ton guide spirituel ? s'étonna Lydia.

— Tu en as un, toi aussi. Pour ma part, c'est Madonna.

— Madonna ? Mais elle est toujours vivante !

Emma haussa les épaules.

— J'avais 12 ans quand je l'ai créé. C'est une version astrale. Maintenant, silence !

Lydia réprima un fou rire et s'excusa.

Les mains sur les genoux, les paumes tournées vers le ciel, comme pendant une séance de yoga, Emma reprit son invocation. Au bout de quelques minutes, elle parut écouter et hocha la tête.

— C'est le moment. Pose ton doigt ici, dit-elle en indiquant le centre de la planche.

Lydia s'exécuta, devinant la présence toute proche de Jason.

— Pourrait-on parler à Amy Silver, je vous prie ? demanda Emma, toujours aussi polie, même avec les esprits.

La réponse arriva rapidement : « oui ».

Jason sursauta et poussa une exclamation de surprise. Il semblait en proie à une vive émotion.

— Y a-t-il quelqu'un d'autre ici ? demanda Lydia.

— Oui, si on part du principe que le Ouija ne ment pas.

— Je ne peux pas voir ça, marmonna Jason, les yeux clos. C'est au-dessus de mes forces.

— Tout va bien, affirma Lydia pour le rassurer.

Emma fronça les sourcils en surprenant son amie s'adresser au canapé.

— À qui parles-tu ? Tu te fiches de moi ?

— Non. Je disais que tout va bien se passer.

— J'en suis sûre. Je n'ai absolument pas peur. Ne te fais pas de souci pour moi.

— On continue ? s'enquit Lydia sans lâcher son amie des yeux, alors qu'en réalité, la question visait Jason.

— Évidemment.

— Allons-y, renchérit Jason d'une voix étranglée.

Lydia respira à fond. Était-ce son imagination ou le pointeur était-il glacé au lieu d'être tiède par la chaleur de son doigt ?

— Parlons-nous à Amy Silver ? questionna-t-elle.

Le pointeur se déplaça sur la planche et s'arrêta sur « oui ».

— C'est toi qui as fait ça ? demanda Lydia, sachant pertinemment que son amie n'y était pour rien. Il a vraiment bougé tout seul ?

Emma ne broncha pas.

— C'est l'effet idéomoteur. Tu souhaites désespérément qu'Amy Silver soit là.

Lydia ôta sa main du pointeur.

— L'effet quoi ?

— C'est une réaction instinctive. Tu diriges le pointeur sans en avoir conscience. Ça fonctionne comme ça, conclut-elle en désignant la planche. Je me suis documentée.

C'était Emma tout craché : se renseigner pour maîtriser un jeu.

— Mais je veux que ça marche pour de bon, insista Lydia. Pas question que mon inconscient s'en mêle.

— C'est plus efficace en groupe, quand on croit ne rien pouvoir contrôler. On se sent moins responsable et on peut se laisser porter par le mouvement.

Lydia ferma les yeux, frustrée. L'image d'un corbeau en plein vol lui effleura l'esprit.

— Donc, si je comprends bien, je devrais tâcher de le contrôler pour ne pas le contrôler ? C'est absurde.

— On continue. Arrête d'analyser et essaye de t'amuser un peu.

Lydia aurait voulu lui avouer qu'elle cohabitait avec un fantôme déprimé, sans oublier l'esprit hurleur rencontré dans le métro, et que manipuler un vulgaire triangle en plastique ne faisait vraiment pas le poids. Au lieu de quoi, elle se borna à avaler une gorgée de vin.

— D'accord.

Emma replaça le doigt sur le pointeur et Lydia l'imita. Il était toujours aussi glacial et elle s'apprêtait à en faire la remarque à Emma, quand il fila à toute allure vers la lettre « h ». Après quoi, il bougea encore et indiqua le «é ».

— « Hé » ? lut Emma, étonnée. Quelqu'un cherche à nous contacter ?

— C'est normal ? demanda Lydia, devinant la réponse.

À la réaction d'Emma, elle comprit que ce n'était pas le cas. Le pointeur se remit à bouger, révélant le mot : S.I.L.V.E.R.

— Mon Dieu ! s'écria Jason, recroquevillé sur lui-même.

Lydia aurait voulu le serrer dans ses bras pour le réconforter, mais c'était impossible.

— Ça va aller, se borna-t-elle à dire, espérant qu'il comprendrait le message.

— Silver ? bredouilla Emma, toute pâle. C'est surprenant. D'habitude, c'est du charabia, sauf si on formule une demande précise. Dans ce cas, la réponse est oui ou non. Mais là…… Tu y es pour quelque chose ?

— Je ne pense pas. J'aimerais pouvoir poser une question à laquelle seule Amy Silver saurait répondre.

— Mais tu la connaîtrais également. Donc, ça ne prouve rien.

Emma ignorait que le défunt mari d'Amy était prostré sur le canapé, gémissant doucement. Jason pourrait valider la réponse. Lydia n'aurait aucun moyen d'intervenir, inconsciemment ou non.

— Vous devez confirmer que vous êtes Amy Silver, déclara-t-elle à haute voix. Quelle est votre couleur préférée ?

Emma fit la grimace. Pendant un moment, il ne se passa rien et Lydia se sentit un peu ridicule. C'était comique : deux adultes, dont l'une appartenait à une vieille famille de magiciens, s'adonnant à un jeu pour enfants ! Le pointeur se déplaça pour épeler : « lilas ».

— C'est très précis, constata Emma. Ton subconscient aurait probablement pensé à bleu, c'est la réponse la plus courante...

— Amy ?

Jason s'était levé. Lydia sentit une bouffée d'air froid quand il s'approcha. Elle hésitait à lâcher le pointeur, peu soucieuse de rompre le lien. Jason semblait sur le point de se volatiliser.

— Calme-toi, intima-t-elle. Respire à fond !

Jason obéit et lui jeta un regard vexé.

— Tu y vas un peu fort, là.

— Désolée, mais tu dois rester concentré. Ce n'est pas le moment de flancher.

— Je suis parfaitement calme, observa Emma. À qui parles-tu ? C'est troublant. Y a-t-il quelqu'un d'autre ici ?

— Je suis vraiment navrée, soupira Lydia.

Emma était son ancre dans un monde « ordinaire ». Lydia avait toujours gardé le secret concernant sa famille de peur de perdre son amitié. Mais depuis son retour à Londres, elles avaient échangé des confidences et étaient devenues encore plus proches. Pourtant, les vieilles habitudes avaient la vie dure. C'était une chose de parler abstraitement de l'histoire des Crow et une autre d'avouer la présence d'un fantôme dans la pièce. Un fantôme auquel elle avait apparemment insufflé assez d'énergie pour qu'il soit presque capable de se matérialiser.

— Tu n'as pas à t'excuser, dit Emma. Je sais que c'est difficile. Je suis là pour t'aider.

Lydia était au bord des larmes. Emma était sa meilleure amie. Pourquoi craignait-elle tant qu'elle la repousse ? Elle prit une grande inspiration.

— L'endroit est habité par un esprit. J'arrive à lui parler.

— Avec la planche Ouija ?

Lydia secoua la tête.

— Non. Je peux l'entendre et… le voir aussi.

Emma scruta la pièce.

— Il est ici ?

Lydia leva les yeux vers Jason, debout près du Ouija.

— Oui, juste à côté de nous. Il est inoffensif, ne t'inquiète pas.

— C'est vraiment ce que tu penses ? interrogea Jason.

— Bien sûr.

— Quoi ? fit Emma, déconcertée.

La planchette se remit en mouvement.

« T.O.U.J.O.U.R.S.I.C.I. »

Emma étouffa une exclamation de surprise.

— Je n'arrive pas à y croire ! Si on l'enregistrait, on pourrait gagner une fortune sur YouTube.

— On penserait que c'est truqué.

— Demande à Amy si elle est au courant de ma présence ici, pourquoi elle n'est pas avec moi et si elle peut me rejoindre, demanda Jason.

— Une minute, dit Lydia.

Elle devait garder la tête froide, rassembler ses idées et jouer intelligemment pour ne pas perdre cette connexion, quelle qu'elle soit. Elle ne voulait pas blesser Jason, mais en tant que détective, elle devait dissimuler ses émotions pour découvrir la vérité.

— Comment êtes-vous morte ? demanda-t-elle.

Le pointeur devint si froid qu'elle éprouva une sensation de brûlure au bout des doigts.

— Oh ! s'exclama Emma sans retirer sa main.

— Tu devrais peut-être partir, suggéra Lydia à Jason. Pas toi, ajouta-t-elle à l'adresse d'Emma.

La planchette se mouvait lentement. Elle s'arrêtait, repartait, se déplaçait par à-coups, comme si la force qui l'animait était hésitante ou contrariée.

« H.A.»

Emma plissa le front, perplexe.

— Ha ? Elle est en train de rire ?

Le pointeur se remit en mouvement et indiqua la lettre
« I »

Une haie ? songea Lydia. Mourir dans une haie ? Ça n'a
aucun sens.

Le pointeur se déplaça de nouveau et s'arrêta sur la lettre
« N » puis sur « E ».

— La haine ? soupira Emma. Incroyable !

La brûlure au bout de ses doigts devenait insupportable.

— Je vais lâcher…

Au même moment, la planchette se mit à tourner sur
elle-même et Lydia ne put maintenir le contact.

Le pointeur tournoya de plus en plus vite, il se détacha
de la planche, traversa la pièce comme une fusée, traversa le
corps de Jason et disparut sous le canapé.

— C'était très désagréable, commenta le fantôme avant
de s'effacer.

Lydia fourra ses doigts dans sa bouche et les suça. Ils
étaient gelés et la chaleur exacerbait la douleur. Comment
pouvait-on souffrir d'engelures à cause d'un bout de
plastique ?

Emma avait repris ses esprits.

— Alors c'était Amy Silver ? Je suppose que la communication est terminée.

Lydia ôta la main de sa bouche.

— Je t'adore, déclara-t-elle tout à trac.

CHAPITRE ONZE

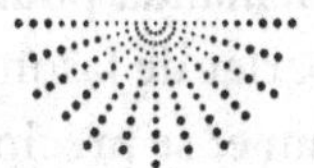

Les deux amies prirent place sur le canapé, leurs verres à la main. Emma semblait étrangement sereine.

— Parle-moi un peu de ton fantôme.

— Il s'appelle Jason Montefort. Il est mort ici. Et maintenant, il ne peut plus en sortir.

Emma grimaça.

— C'est affreux !

Lydia opina, hésita et se lança.

— Il est charmant. Je crois… enfin, nous croyons que je lui communique un surplus d'énergie.

— Comment ça ?

Avant mon arrivée, il était incapable de manipuler des objets. Mais maintenant, il peut même préparer du thé.

— C'est pratique. Tu veux bien l'envoyer chez moi ?

— Il est confiné ici. Il parvient à se déplacer à l'intérieur et sur la terrasse, mais pas à franchir la porte, ni la rambarde. J'espère découvrir les circonstances de sa mort pour le libérer.

Emma se plongea dans une intense réflexion. Archie et Maisie avaient le même tic.

— Il ne sait pas comment il est mort ? Il était inconscient ?

— C'est flou. Il ne se souvient de rien, sauf que c'est arrivé le jour de son mariage.

— Quelle horreur !

— Terrible, n'est-ce pas ? Pauvre garçon.

Soulagée, Lydia se demanda pourquoi elle avait attendu si longtemps avant de parler de Jason à sa meilleure amie.

Emma se leva soudain et se précipita à la cuisine.

— Fausse alerte ! s'écria-t-elle depuis l'autre pièce. Excuse-moi.

On entendit un bruit d'eau.

— Pardon, répéta Emma en s'essuyant la bouche avant de retourner s'asseoir sur le canapé. C'était trop d'informations à assimiler d'un seul coup.

Lydia comprit la raison de son malaise.

— C'est passager, assura gaiement Emma. Pas de quoi s'inquiéter.

— Oui, mais quand même. Je suis désolée, je n'aurais pas dû…

— Arrête, coupa sèchement Emma.

Surprise, Lydia n'insista pas.

— Tu n'as pas besoin de me ménager. L'existence est pleine d'imprévus et de chaos. Le but de la vie est d'apprendre et d'accumuler le maximum d'expériences.

— Mais ce fantôme…

— C'est incroyable, terrifiant et fascinant à la fois. L'un ne va pas sans l'autre.

Lydia avait soudain envie de pleurer.

— Depuis quand es-tu philosophe ?

— Quand je suis devenue maman. Il n'y a rien de tel que la maternité pour remettre les choses en perspective.

— Tu as toujours été plus mûre que ton âge, même à l'école.

Emma simula un pistolet avec ses doigts, visant Lydia.

— Je te défends de dire que je suis vieille dans l'âme.

Lydia esquiva le coussin que son amie lui lança.

— Je n'oserais pas, même si c'est un compliment.

— Le concept d'âme prend un tout autre sens maintenant, observa Emma, reprenant son sérieux. Nous avons la preuve qu'il y a une vie après la mort, une part spirituelle en nous, pas simplement de l'électricité, des neurones et la biologie.

Lydia n'avait jamais pensé que l'être humain n'était constitué que de chair et de sang. En tant que Crow, dotée de pouvoirs hérités de sa lignée, elle était convaincue que le monde ne se limitait pas à sa dimension physique.

— Nous en avons toujours eu l'intuition, affirma-t-elle.

— Mais il y a une différence entre la croyance et la certitude.

— Probablement.

— Il se trouve encore là en ce moment ?

Lydia fit non de la tête.

— Où est-il ?

— Dans sa chambre, ou bien dans la cuisine du restaurant. Il monte souvent sur la terrasse. Parfois, il disparaît et ne se souvient de rien.

— C'est effrayant. Pour lui, je veux dire.

— Oui. Il panique à l'idée de ne pas revenir.

— C'est curieux de penser qu'un fantôme craigne la mort, mais en un sens, ça se tient.

— Tant qu'il est conscient, il n'est pas vraiment mort. Il a une peur bleue du néant. Et comme il en est très près, il pressent qu'il y a peut-être quelque chose au-delà. C'est peut-être le détachement, l'oubli ou je ne sais quoi... En pire.

— Ou en mieux ? Est-il croyant ? Une vision du paradis pourrait le rassurer.

Lydia préféra garder pour elle que Jason redoutait les flammes de l'enfer.

— Je ne pense pas.

— Tu pourrais élucider la grande énigme. La vie, l'univers et le reste. Qu'advient-il après la mort ? Quel est le sens de tout cela ?

N'ayant jamais vraiment envisagé les implications de l'existence de Jason, Lydia se sentit soudain embarrassée.

— Remarque, ça pourrait être un paradoxe, réfléchit Emma. Je veux dire, n'est-ce pas l'essence de la foi ? Croire sans preuves. Dès que nous en avons, cela devient un fait et non plus une croyance.

Lydia n'y avait jamais réfléchi. Cette perspective lui donnait la migraine et le besoin de quelque chose de concret. À l'évidence, elle était moins cérébrale que son amie.

Emma prit une gorgée de vin et secoua la tête.

— J'ai très envie de rentrer chez moi retrouver Tom. C'est curieux, non ?

— Imagine-toi que j'ai eu la même idée.

— C'est sans doute notre instinct animal qui refait surface, puisque nous touchons aux limites de notre compréhension. À moins que penser à la mort ne nous pousse à profiter de l'instant présent.

Lydia dégusta son vin, savourant la douce chaleur de l'alcool qui décuplait ses sensations. Elle s'agita sur son siège. Emma se leva.

— Je vais rentrer, répéta-t-elle. Pour des raisons très différentes, ajouta-t-elle en rougissant.

Moi aussi, je devrais appeler Fleet. Pour des raisons tout aussi différentes.

Emma embrassa Lydia et s'en fut, le téléphone à la main, l'air déterminé. Elle espérait que Tom serait réceptif.

Emma partie, Lydia s'empressa d'appeler Fleet.

— J'avais dit que je ne pouvais pas te voir ce soir, mais…

— J'arrive, répondit l'inspecteur d'un ton enjoué. Et si tu venais chez moi, pour changer ?

Lydia hésita.

— Pas maintenant, dit-elle avant de raccrocher.

Une vague de culpabilité l'envahit. Elle peinait à comprendre ses réticences et encore moins à les expliquer. Une Crow chez un flic ! Cela avait une connotation particulière, mais elle n'était pas sûre d'être prête à franchir le pas.

Fleet s'était rendu au gymnase après une longue journée éreintante et à son arrivée, ses cheveux bouclés étaient encore humides de la douche. Le T-shirt qu'il portait moulait ses bras musclés. Un délice pour les yeux.

Tout allait bien jusqu'à ce que la conversation dévie. Lydia commit l'erreur de mentionner son infructueuse chasse aux fantômes, ramenant Fleet sur le sujet de Paul Fox.

Un pli creusa son front.

— Je ne comprends pas pourquoi tu exécutes les quatre volontés de ce type.

Lydia retint son agacement.

— Oublie un peu ton hostilité. Il y a un fantôme en détresse sous terre et je dois l'aider.

— D'accord, mais tu n'es pas à sa disposition.

— Tu n'as aucune raison d'être jaloux ni de t'inquiéter.

— Je ne suis pas inquiet. Je ne lui fais pas confiance, c'est tout. Et je me demande si ton jugement est objectif.

— À cause de quoi ? De mon penchant pour lui ?

Lydia piqua un fard. Elle éprouvait assurément une certaine attirance pour Paul. C'était un Fox. Dans tous les sens du terme. Mais elle n'ignorait pas qu'il s'agissait surtout du magnétisme naturel de cette famille.

— C'est de l'histoire ancienne, plaida-t-elle.

Fleet eut une moue contrariée.

— Merci de me rafraîchir la mémoire.

— Excuse-moi.

— Ce n'est pas tout. J'ai l'impression que tu te laisses séduire par son charme, que tu baisses ta garde et que tu prends pour argent comptant ce qu'il raconte.

— Je sais faire la part des choses. Et à propos de « séduire », c'est réellement ce que tu crois ?

— Ne sois pas si agressive. Je suis de ton côté.

Lydia inspira profondément, cherchant à se contrôler.

— Je suis désolée. Tu as raison. Il sait être très persuasif. Mais je me méfie.

Un croassement strident retentit. Un avertissement ? Elle jeta un regard circulaire. Rien. Était-ce son imagination ?

— Je sais que tu as du mal à accorder ta confiance, poursuivit Fleet.

— C'est faux. J'ai confiance en toi.

Il secoua la tête.

— N'essaye pas de me manipuler. Je suis bon dans ce domaine. C'est ma partie.

Peut-être. *Mais il ne connaissait pas les Familles comme elle, ni Paul Fox.*

— Mais là… c'est plutôt mon domaine.

— Ce n'est pas parce que je ne suis pas un Crow que mon avis n'a pas de valeur.

— Évidemment que non, concéda Lydia, désireuse de mettre fin à cette conversation houleuse.

Fleet passa une main dans ses cheveux.

— Je suis vanné. Je vais rentrer.

— Comme tu veux, dit Lydia, la mine boudeuse. Mais je te répète que tu n'as rien à craindre de Paul.

Fleet eut un sursaut.

— J'ai envie de vomir chaque fois que tu prononces son nom.

Lydia chercha ses mots.

— Je comprends ce que tu ressens et j'en suis désolée. Mais je dois mener à bien cette enquête. Je n'ai pas le choix.

— On a toujours le choix. Je veux que tu prennes tes distances avec ce type.

— Tu n'as pas à me dicter ma conduite ! s'emporta Lydia, excédée. Il pourrait nous causer des ennuis, à ma famille et à moi. C'est ma réputation qui est en jeu.

— Tu n'en fais qu'à ta tête, comme toujours.

Lydia s'apprêtait à répliquer, mais Fleet attrapa son manteau et se dirigea vers la sortie. Elle choisit de se taire pour ne pas aggraver la situation.

CHAPITRE DOUZE

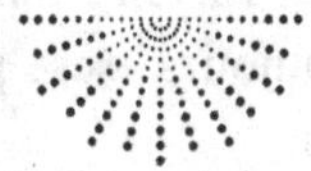

Le lendemain, Lydia se réveilla avec une migraine carabinée. C'était profondément injuste, étant donné qu'elle n'avait avalé qu'un seul whisky après le départ de Fleet. Peut-être deux. Elle se vantait de n'avoir jamais la gueule de bois. Elle but un verre d'eau et sortit prendre l'air ainsi qu'une bonne dose de caféine. D'ordinaire, elle se servait au comptoir du restaurant, mais l'air maussade d'Angel, ce matin-là, l'incita à se rendre à la boutique de bagels du coin.

Elle emporta une grande tasse pour éviter un gobelet à usage unique. Même en étant la moins parfaite des petites amies et la brebis galeuse de la famille, elle se souciait de l'environnement. Sur le chemin du retour, elle réfléchit à l'enquête en cours pour ne plus penser à ses déboires. Un cadavre non identifié, une cause de décès inconnue... N'étant pas certaine d'un homicide, la police n'avait pas mobilisé toutes ses ressources. Et s'il y avait de la magie dans l'air ? Cela expliquerait le mystère qui entourait cette affaire. Elle connaissait des artefacts magiques capables d'influencer les esprits, par exemple, comme la statuette du chevalier d'argent, qui avait mené Robert Sharp et Yas

Bishop au bord de la folie, ou encore la pièce d'or de la famille Crow. Et s'il existait d'autres sortilèges qui lui échappaient ?

Elle aurait pu apprendre la magie auprès de son oncle, mais ses cauchemars récurrents autour de Maddie et les ambitions secrètes de Charlie la retenaient. La discrétion s'imposait. Sa mère avait raison : malgré son affection, son oncle privilégierait toujours ses propres intérêts sans l'ombre d'une hésitation.

Elle rédigea un bref message à Paul qu'elle se dépêcha d'envoyer avant de changer d'avis. Agissait-elle en réaction aux avertissements de Fleet ? Sa rébellion était immature et elle le regrettait déjà.

La réponse de Paul Fox fut quasi instantanée, à croire qu'il guettait son texto. Elle consistait en deux mots.

The Den.

Quand elle était plus jeune, amoureuse et influençable, Paul Fox l'invitait souvent au *Den*, un bar chic. Elle avait toujours refusé. Sortir avec un Fox était une chose, mais mettre les pieds dans le repaire de leur famille en était une autre. Il s'en était souvent moqué non sans une pointe d'agacement. Paul n'était pas habitué à être contredit, ce qui avait renforcé sa résolution. Toutefois, aujourd'hui, elle avait besoin d'informations et peut-être qu'en cédant sur ce point, elle obtiendrait ce qu'elle voulait. Elle n'avait qu'une idée en tête : résoudre cette affaire, quoi que Fleet puisse penser, à rendre justice au malheureux qui croupissait dans le tunnel.

The Den se trouvait au cœur de Whitechapel, le fief des Fox. Lydia aurait pu questionner son père sur les différentes techniques de meurtre magique. Pourtant, elle s'était abstenue. Absorbée dans ses pensées, elle dépassa le bar sans le remarquer et, quand elle s'aperçut de son erreur, elle rebroussa chemin, esquivant habilement une famille encombrée d'une poussette double. Elle tenta de reprendre ses esprits. Arrivée au numéro trente, elle comprit son erreur.

Au lieu de l'entrée d'un bar, elle se trouvait devant un salon de coiffure avec un poteau de barbier rayé de rouge et blanc et un panneau indiquant « ouvert » sur la devanture. L'enseigne *Le Blaireau Écarlate*, lui confirma qu'elle était au bon endroit.

Elle poussa la porte, une clochette sonna. Un homme installé dans un fauteuil de coiffeur vintage leva les yeux de son journal. Rasé de près, les cheveux coiffés en banane luisant de brillantine, affublé d'une chemise bowling crème et noire avec un pantalon ajusté, il évoquait les années cinquante. Sans oublier l'allumette coincée entre ses dents.

— En quoi puis-je vous aider ? demanda-t-il.

— Je cherche Paul Fox.

Le personnage au style rétro inclina la tête. Craignant qu'il ne lui cherche des crosses, Lydia effleura discrètement sa pièce fétiche dans sa poche. Peut-être le nom de Paul Fox avait-il été suffisant ? Quoi qu'il en soit, il se leva, déplia ses longues jambes et se dirigea vers le fond du salon. Il poussa une porte et s'effaça pour la laisser passer. Le battant s'ouvrait sur une volée de marches menant à un portrait d'Elvis.

— Appuyez à droite, recommanda-t-il.

Lydia regarda par-dessus son épaule, mais l'employé refermait déjà la porte. Entre le poster et le mur, des traces de doigts révélaient un passage. Elle y plaqua la main et sentit la paroi basculer. Elle perçut un brouhaha de voix et une musique douce. La porte dérobée et les murs attenant assuraient une insonorisation parfaite.

Le décor évoquait les bars clandestins des années vingt avec un éclairage tamisé et une multitude de bouteilles alignées derrière le comptoir, désert à cette heure de l'après-midi. Le barman portait une chemise immaculée aux manches retenues par des jarretières, un gilet en velours noir avec une cravate assortie, et une chaîne de montre.

— Il vous attend dans l'arrière-salle, mademoiselle, informa-t-il.

Lydia frissonna. L'atmosphère, imprégnée de l'odeur distincte, caractéristique des Fox, était oppressante. Elle avait un goût de terre dans sa bouche et peinait à respirer. Elle était à deux doigts de s'évanouir. Elle se reprit et se faufila entre les tables et les chaises jusqu'à une porte au fond de la salle. À l'intérieur, l'espace était restreint. Même décor, même odeur, avec une différence de taille. Paul Fox s'y trouvait.

Il était installé sur un canapé en velours vert foncé capitonné, un bras nonchalamment posé sur le dossier. Ses biceps impressionnants étaient clairement visibles et il avait ce regard malicieux, accompagné d'un sourire en coin, qui la mettaient autrefois en émoi. Plus maintenant, Dieu merci.

Sans se lever, Paul l'invita à s'asseoir en face de lui.

— Je me suis permis…

Lydia mit un temps avant d'assimiler ses paroles. Étourdie par le manque d'oxygène, renforcé par la séduction de la magie des Fox et les souvenirs qui l'envahissaient. Paul avait été son premier amant et, techniquement parlant, il avait été à la hauteur. Lydia luttait pour ne pas succomber au désir : chaque fibre de son corps s'enflammait, elle aspirait au contact de ses lèvres, de sa langue et de ses mains sur sa peau. Elle se maudit intérieurement. Il fallait qu'elle reste concentrée. Paul saisit l'un des deux verres posés sur la table et le lui tendit. Un whisky, apparemment.

Il l'avait peut-être empoisonné ou drogué, toutefois, elle l'accepta sans hésiter. La chaleur de l'alcool se répandit immédiatement dans ses veines. Elle recouvra ses esprits et respira librement pour la première fois depuis son arrivée.

— Tu aimes toujours ça, on dirait ?

Le barman apparut sans lui laisser le temps de formuler une réponse cinglante et spirituelle. Lydia sursauta, ce qui était agaçant, mais elle ne pouvait qu'admirer l'agilité de cet homme. On aurait dit un félin ou, plus exactement, un renard. Il portait un plateau garni de boissons.

— La même chose, mademoiselle ?

Sans quitter Paul des yeux, elle accepta le verre qu'il venait de placer devant elle et y trempa les lèvres.

— Qu'en penses-tu ?

Lydia reposa le verre sur la table, repoussant la tentation.

— De cet endroit ? C'est très vintage. Les détails sont impeccables et le whisky est top.

Il fallait rendre à César ce qui lui appartenait.

Paul afficha un demi-sourire, le regard pétillant.

— Heureux que tu sois venue.

— J'ai mes raisons.

— Naturellement.

Par habitude, elle jeta un regard circulaire afin de vérifier qu'ils étaient à l'abri des oreilles indiscrètes et reprit sa respiration.

— Quelle sorte de magie peut tuer quelqu'un ?

Le sourire de Paul s'évanouit.

— Tu fais allusion au meurtre ?

— La police est dans le noir.

— Ça ne veut pas dire…

— Je sais, mais j'explore chaque piste. J'ai l'esprit curieux. Tu veux la vérité, oui ou non ?

— Naturellement.

Il lança un regard furtif derrière elle. Lydia tourna la tête à temps pour voir une ombre s'évanouir.

— Un ami ?

— Mon frère. Simple précaution.

— À cause de moi ?

Une fois encore, elle lutta contre l'impulsion de prendre ses jambes à son cou. Qu'est-ce qui lui avait pris de venir au Den ? Fleet avait raison. C'était pure folie.

— Il se méfie à cause de ta cousine, expliqua Paul.

Il souleva son T-shirt et Lydia se fit violence pour garder son self-control. Outre ses abdominaux en tablette de chocolat, une cicatrice rouge et enflammée, en forme de main, s'étirait de son nombril à ses côtes.

— C'est Madeleine qui t'a fait ça ?

Paul acquiesça, rabattit son T-shirt et attrapa son verre.

Que Paul lui propose de le toucher prenait soudain sens, songea Lydia. C'était un signe de confiance, ou une façon de vérifier si elle possédait les mêmes pouvoirs que sa cousine. Audacieux.

— Je croyais que vous étiez proches, puisque tu l'as aidée à se cacher, argumenta-t-elle.

Après la disparition de sa cousine quelques mois plus tôt, Charlie l'avait chargée de la retrouver sur la demande de John et Daisy, ses parents. Lydia l'avait finalement repérée à bord d'une péniche à la Petite Venise, hébergée par Paul Fox.

— Ta cousine, avoir des amis ? Quelle drôle d'idée !

Il ouvrit la bouche pour ajouter quelque chose, se ravisa et avala une gorgée de whisky.

Lydia se pencha en avant.

— Allez, crache le morceau.

— Tu as eu de ses nouvelles ?

Lydia pensa aux cauchemars où Maddie la précipitait du haut de sa terrasse. Pas vraiment agréable ! Heureusement, ils avaient pris fin.

— Non.

— D'accord.

— De quoi s'agit-il ? insista Lydia avec une impatience qu'elle n'essaya pas de déguiser.

— Elle me faisait penser à toi, au début. Mais j'ai vite compris que vous étiez très différentes.

— Évidemment. Je suis unique.

Paul sourit de toutes ses dents. Lydia sentit l'appel de la forêt et de la terre.

— Elle cherche le chaos, continua-t-il. Contrairement à toi. Même quand tu essayais de t'encanailler avec moi.

Lydia assembla les pièces du puzzle.

— Tu as soupçonné Maddie d'être mêlée à ce meurtre ? C'est pour ça que tu m'as confié cette affaire, puisque j'avais réussi à la retrouver. Et comme je suis une Crow, c'était pratique, ça te dispensait d'en charger quelqu'un d'autre et tu évitais ainsi un conflit entre les Familles.

Paul haussa les épaules.

— C'était une possibilité.

— Elle n'y est pour rien.

— À propos de magie… Maddie est douée.

— Oui, mais si elle était coupable, je le saurais.

Paul n'avait pas l'air convaincu.

— Je te rappelle que le corps n'avait aucune blessure visible, souligna Lydia.

Il opina.

— Ce n'est pas son style, je te l'accorde.

Elle se demanda avec une pointe de jalousie ce que Maddie lui avait confié quand ils étaient ensemble et jusqu'à quel point ils avaient été intimes. Bon sang, elle déraillait complètement !

— Donc, tu étais persuadé que ma cousine était compromise dans une affaire liée à un Fox, d'où le chantage pour que j'enquête. Mais pourquoi les souterrains ? Que comptais-tu y trouver ?

— Je n'étais pas au courant pour le cadavre.

— Alors pourquoi avoir insisté pour que j'explore ces tunnels ?

Paul respira bruyamment. Il s'empara de son verre, le reposa et se pencha en avant.

— Il y a eu des disparitions dans la famille.

— Qui ?

— Mon cousin Jack et mon frère.

Lydia aurait bien aimé prendre des notes. Un Fox avouait une faiblesse, surtout après lui avoir dévoilé une blessure infligée par une Crow. C'était une première. Elle envisagea l'opportunité de consolider l'alliance avec cette famille, désamorçant toute menace de conflit ainsi que les tensions avec les Silver.

— C'est regrettable, dit-elle avec douceur. Tu aurais dû me communiquer les détails. Mais encore une fois, pourquoi les tunnels ?

— On les a retrouvés. Tous les deux.

— Je ne comprends pas. Ils sont revenus ?

— Oui, mais ils ont changé. Quelque chose ne va pas. Je le sens.

Lydia se garda de l'interrompre. Perdu dans ses pensées, Paul ne la regardait pas. Il était visiblement ailleurs. Il se ressaisit et reporta son attention sur elle.

— Luke a beaucoup bu une nuit, expliqua-t-il. Lui qui ne touchait presque jamais à l'alcool s'enfilait de la vodka comme si c'était de l'eau. Avant de sombrer, il a évoqué des voies ferrées souterraines, sans train. D'où ma curiosité.

— Tu voulais donc que j'aille voir à ta place.

Paul acquiesça.

— Tu es capable de te sortir de n'importe quelle situation.

Il la flattait pour l'amadouer, Lydia le savait. Visiblement, le stratagème fonctionnait encore.

— Qui est notre mystérieuse victime ? Je suppose que tu t'es renseigné pour savoir si quelqu'un d'autre a disparu.

— Je ne l'ai pas identifié. Je ne t'ai pas menti, je t'assure.

— Je ne dis pas le contraire, mais tu n'as pas vraiment cherché à m'éclairer. La confiance exige la transparence.

Paul esquissa une ombre de sourire.

— Dixit le livre ouvert, Lydia Crow.

Elle ne releva pas, repoussa son verre et se prépara à partir.

— D'accord, d'accord, dit Paul avec un geste conciliant. Il s'agit de Marty. J'ai mené ma petite enquête. Il a disparu depuis une semaine et il correspond à la description.

Lydia attendit qu'il poursuive.

— Marty ?

— Benson, précisa Paul non sans réticence. Il faisait partie de notre clan, d'une branche secondaire, comme tu l'as deviné.

— Tu sais pour quelle raison on l'a tué ? Avait-il des ennuis ?

Paul haussa les épaules.

— Il dealait un peu. De l'herbe et de la coke pour ses amis et ses connaissances. Rien de bien sérieux.

Lydia songea à son oncle Charlie qui n'appréciait guère le trafic de drogues sur son territoire.

— À Camberwell ?

— Non, localement. Il était camé, mais pas du genre à prendre des risques inconsidérés, ni suicidaire, pour autant que je sache.

— À ton avis, y aurait-il un lien entre Marty et les disparitions de Jack et de Luke ? J'aimerais bien les rencontrer, d'ailleurs.

Paul semblait distrait, fixant un point derrière elle.

— Je vais voir ce que je peux faire. Je crois qu'on devrait en rester là pour le moment.

— Très bien.

Lydia vida son verre et se leva. Curieusement, elle avait du mal à quitter Paul. Sa vie devenait décidément de plus en plus incohérente et compliquée.

CHAPITRE TREIZE

Lydia franchit la porte de *The Fork* au milieu de l'après-midi. Elle conservait dans un coin de sa mémoire les paroles de sa mère évoquant la possibilité de devenir un jour le chef de la famille. Même si elle comprenait l'inquiétude maternelle, elle n'avait aucune intention de contrôler quoi que ce soit, ni de se mêler aux sombres affaires des Crow. Il était temps d'établir des limites claires.

La présence de l'actuel propriétaire la plongea dans la panique. Oncle Charlie était installé dans un box près de la grande fenêtre du restaurant, sa table favorite. Un bras appuyé sur le dossier de la banquette, il lisait un livre, ou peut-être feignait-il de le faire. Il leva les yeux quand elle s'approcha.

— Tu es en avance, dit-il, l'air satisfait.

Ça ne va pas durer, songea Lydia. Elle respira profondément avant d'entamer le petit discours qu'elle avait préparé.

— Je ne peux pas aujourd'hui. J'ai un engagement professionnel.

Charlie l'enveloppa d'un regard froid.

— Pas de problème. On peut remettre à plus tard. 17 heures, ça te va ?

Lydia secoua la tête.

Charlie marqua une pause, cherchant ses mots avec soin.

— C'est important pour moi, Lyds. Je n'insisterais pas autrement.

— Non ! (Le mot lui avait échappé sans qu'elle y réfléchisse.) Je suis désolée, mais je suis obligée de refuser, avoua-t-elle, se forçant à croiser le regard, terrifiant, de son oncle.

— Tu es obligée de refuser ? répéta lentement Charlie.

— Je ne sais plus où donner de la tête entre mes clients, les enquêtes, etc. Du reste, maintenant que j'ai les moyens, j'aimerais mieux payer le loyer plutôt que...

Elle s'interrompit, cherchant la formulation la moins blessante.

— Plutôt qu'être redevable ? compléta Charlie d'un ton égal, trahissant une colère contenue. Tu préfères me payer plutôt que d'aider ta famille ? Tu ne veux pas être mêlée à nos affaires, mais tu es bien contente d'en profiter quand ça t'arrange. C'est ça ?

Lydia reprit son souffle, luttant pour conserver son calme.

— Non, pas du tout. Je suis vraiment surchargée. Ce n'est pas facile de travailler en solo. J'embaucherai quelqu'un pour m'aider dès que je le pourrai financièrement. Ne le prends pas personnellement.

Charlie esquissa un sourire.

— C'est toujours personnel, Lyds, tu le sais bien.

Lydia monta à l'étage, le cœur lourd, cherchant à se convaincre qu'elle avait fait le bon choix et que Charlie finirait par comprendre. Après avoir arpenté la pièce de long en large en respirant à fond, elle avait presque fini par s'en convaincre.

Afin de se prouver qu'elle restait objective, elle décida

d'appeler Paul Fox. Elle n'était pas prête à admettre qu'elle avait simplement envie d'entendre sa voix. Il décrocha dès la première sonnerie.

— Peux-tu me renseigner sur Marty ? commença-t-elle sans préambule.

— Ma chère petite Crow ! Je ne m'attendais pas à te parler si tôt. Quel plaisir !

— La ferme ! aboya Lydia sans pouvoir s'empêcher de sourire.

— Tout le monde sait que je suis le fils de Tristan. On ne me dira jamais la vérité.

— Et moi étant une Crow, je risque plutôt des coups que des confidences.

— Tu as toujours eu le sens de la repartie, petit oiseau.

Paul avait le don de la rendre chèvre. Lydia s'en agaçait plus qu'elle ne voulait l'admettre. Pourquoi se soucier de ce qu'il pensait ou disait ? Elle ne devait pas oublier qui il était. Un Fox.

— Ne m'appelle pas comme ça.

— D'accord, Lyds.

— Ni comme ça non plus.

— Tout le monde ne sait pas qui tu es. Les Crow ont perdu de leur prestige. Tu n'imagines pas combien de membres de notre famille élargie ignorent nos vieilles histoires et s'en moquent d'ailleurs éperdument.

— Les temps changent, commenta Lydia, sarcastique.

— Précisément, renchérit Paul, imperturbable.

Insupportable !

Munie de l'adresse de Marty Benson, Lydia chercha des réponses. Elle espérait boucler cette enquête au plus vite afin d'éloigner Paul Fox de sa vie et de ses pensées. En chemin, elle s'aperçut qu'elle n'avait pas prévenu Fleet. Elle le contacta immédiatement sur son portable, se demandant comment elle avait pu oublier de l'appeler.

— Marty Benson, dit Lydia quand il répondit. J'ai identifié notre victime inconnue.

— Impressionnant. Comment t'y es-tu prise ?

Lydia hésita, sachant que Fleet s'offusquerait.

— Paul s'est renseigné sur les disparitions récentes dans sa famille éloignée. Il est tombé sur ce nom.

— Il a vérifié si la description colle ?

Lydia modéra son allure pour reprendre son souffle.

— Oui.

— Pourquoi Paul Fox ne t'a-t-il pas informée plus tôt ? Et pour quelle raison n'a-t-il pas alerté la police ?

— Tu connais la réponse à la dernière question. Il vient d'apprendre pour Marty. Il n'en savait rien. D'autres membres de sa famille ont disparu avant d'être retrouvés transformés. C'est pour cette raison qu'il m'a demandé d'explorer les tunnels.

— Je ne te suis pas.

Lydia lui résuma sa conversation avec Paul Fox, y compris ses soupçons concernant le rôle de Maddie dans l'affaire.

— Ta cousine ?

— Oui. Et ce n'est pas tout.

Lydia se demanda comment révéler à Fleet que Maddie avait blessé Paul Fox en le touchant simplement. Elle ne pouvait pas continuer à tout lui cacher, cloisonner sa vie en compartiments bien étanches. Il lui avait démontré plus d'une fois sa confiance et sa loyauté. Il avait même accepté sans broncher l'existence d'une statuette magique !

— Intéressant. C'est habituel chez vous ?

— Pas à ma connaissance, répondit Lydia, résistant à l'envie de manipuler sa pièce de monnaie. Maddie possède ce don depuis des années. Mon oncle souhaitait l'exploiter.

— Je m'en doutais. Donc tu as revu Paul ?

— Il voulait me parler. Il avait des informations à me communiquer. Tu sais comment ça se passe.

— Naturellement.

Lydia aurait aimé pouvoir déchiffrer son expression.

— C'est un progrès, non ? Dans l'enquête ?

— Si c'est véridique, oui.

Lydia contint son agacement. La méfiance de Fleet envers Paul était compréhensible. Elle ne pouvait lui en tenir rigueur.

L'ADRESSE ÉTAIT BIDON. L'INDIVIDU QUI OUVRIT LA PORTE DE l'appartement décrépit au dixième étage déclara que Marty Benson avait déménagé depuis six mois sans laisser ses coordonnées pour faire suivre son courrier. Lydia usa de sa pièce d'or, de sorte que l'homme au visage de fouine finit par révéler que Marty était complètement fauché et dormait probablement sur son lieu de travail.

— C'est-à-dire ?

— Il bosse au noir.

— Un dealer ? hasarda-t-elle, impatiente d'en finir au plus vite.

— Il nettoie les tables et fait la plonge. Dans le bar d'un théâtre.

— Lequel ?

L'homme déglutit avec peine.

— Cable Street. Ne leur dites pas que je vous ai parlé, s'il vous plaît.

— À qui ça ?

L'homme était visiblement terrifié.

— Aux Fox.

— Intéressant, fit Lydia en rempochant sa pièce. Parlez-moi de Marty et des Fox.

Lydia s'en alla après s'être assurée que Face-de-fouine n'avait plus rien à lui apprendre et constaté qu'il avait pissé sur lui, à en juger par l'odeur qui émanait de sa personne.

Elle décida de rentrer à pied, dégoûtée par l'air pollué du métro. Son téléphone sonna.

— J'ai du nouveau, annonça Fleet. L'analyse toxicologique de Marty vient d'arriver.

— Et ?

— Il avait une bonne quantité de ramipril et de bisoprolol dans le sang.

Lydia s'écarta du trottoir, se réfugia sous un porche et se boucha une oreille pour mieux entendre.

— C'est quoi ?

— Des inhibiteurs de l'enzyme de conversion et des bêtabloquants. Des médicaments pour le cœur.

Marty avait la trentaine, trop jeune pour avoir des ennuis cardiaques.

— Assez pour le tuer ?

— Suffisamment pour suggérer qu'il en prenait régulièrement sur prescription. Ça correspondrait au traitement d'une insuffisance cardiaque congestive, selon notre expert. Il ne figure pas dans les fichiers de l'assurance maladie, mais ça ne signifie pas qu'il n'avait pas d'autres moyens de l'obtenir.

— Les Fox ont leurs propres réseaux. Ils refusent de s'affilier à la Sécurité sociale, ils consultent leurs propres médecins, etc.

— Comment obtiennent-ils des ordonnances hors système ?

Lydia ne répondit pas. Médicaments vendus au marché noir, chirurgies clandestines, services de l'hôpital… les Fox avaient mis en place un réseau parallèle opaque.

— Est-ce que ça l'a tué ?

— Son problème cardiaque ? C'est ce qu'indique le

rapport. « Une maladie préexistante entraînant une insuffisance cardiaque. » Bien sûr, le médecin légiste n'a pas mentionné l'élément clé de l'histoire.

Lydia sentit son cœur battre plus fort.

— Qui est ?

— J'ai discuté avec lui. Marty aurait subi un choc brutal ayant provoqué un infarctus. Son état de santé n'aurait pas dû le tuer avant de nombreuses années, surtout s'il se soignait.

— La peur ?

— Probablement. Ou peut-être un effort physique intense, mais la scène de crime et la posture du cadavre ne confirment pas cette hypothèse.

Lydia chercha dans sa mémoire.

— Il n'avait pas l'air effrayé.

— Le corps se détend après la mort. La perte de tonus musculaire a pu modifier son expression.

Charmant.

— Mourir de peur, quand même ! Ça semble irréel.

— Tu serais surprise de voir à quel point il est facile de tuer quelqu'un.

— Tu ne devrais pas dire ça. Tu vas finir blacklisté par la police.

LUKE ÉTAIT LE BENJAMIN DES SEPT FRÈRES FOX. IL VENAIT DE fêter ses 18 ans et Lydia comprit pourquoi Paul s'inquiétait à son sujet. Il y avait en lui une certaine fragilité qu'elle ne parvenait pas à définir. Était-ce du fait de son jeune âge, ou de son énergie débordante plus prononcée que chez ses frères ? Certes, il avait le charme et le magnétisme animal des Fox, mais elle sentait en lui des zones d'ombre et de la peur, en plus de l'odeur typique de sa famille mélange d'humus et de faune sauvage.

Ils se retrouvèrent au Costa Coffee sur Whitechapel

High Street. Surprise qu'il accepte son invitation, elle soupçonnait l'intervention de Paul.

— Merci d'avoir consenti à me voir, commença Lydia.

— C'est encore trop tôt pour me remercier, répondit
Luke, un sourire malicieux aux lèvres.

— Paul m'a dit que vous aviez disparu pendant quatre
jours. Où étiez-vous ?

Luke regarda ailleurs.

— Il le sait.

— Vous avez mentionné « sous terre ». C'est plutôt
vague. Vous étiez dans le métro ?

Il secoua la tête.

— Il n'y avait pas de train.

Lydia tenta une autre approche.

— Pourquoi ne voulez-vous pas en parler ? Quelque
chose s'est passé ?

— Rien de grave. Juste ennuyeux.

— Il n'y avait pas de réseau sur votre téléphone ?

Luke s'anima.

— Je n'ai pas de téléphone. C'est un outil de contrôle du
gouvernement.

Lydia acquiesça, feignant la compréhension.

— Depuis combien de temps en êtes-vous convaincu ?

Luke se tassa sur son siège avec un soupir las

— Depuis toujours.

— Avez-vous vu quelque chose dans le tunnel qui vous
conforte dans cette idée ?

— Qui vous a parlé d'un tunnel ?

— Avez-vous été victime de harcèlement de la part du
gouvernement ? Croyez-vous être sous surveillance ?

Luke se redressa.

— Non, j'ai toujours un pas d'avance sur eux. Je suis
constamment en mouvement, je me protège des réseaux
sociaux et du système.

C'était une attitude typique des Fox, mais venant de

Luke, c'était presque comique. Quand Paul avait justifié la tendance des Fox à rester en marge de la société, elle avait trouvé son raisonnement tout à fait logique.

— Nous sommes autonomes, avait expliqué Paul. Pourquoi devrions-nous profiter d'un système conçu pour assister les plus démunis ?

Lydia préféra changer de sujet.

— Vous travaillez ? Vous poursuivez vos études ?

Il lui lança un regard amusé.

— C'est fini ?

— Comment vous sentez-vous actuellement ?

— Je ne comprends pas la question ?

— Êtes-vous satisfait, stressé, anxieux, détendu, excité, énergique, déprimé, sans but…? énuméra Lydia en comptant sur ses doigts.

— Où voulez-vous en venir ? Vous êtes psy ?

— Non, mais Paul s'inquiète pour vous. Il m'a demandé de prendre de vous nouvelles.

Luke parut hésitant.

— Paul n'est pas inquiet. Je vais bien. Je suis… normal, quoi, comme tout le monde.

— Le terme « normal » est relatif, déclara Lydia.

Le regard qu'il fixa sur elle trahissait une grande vulnérabilité. L'instant d'après, il n'était plus un enfant effrayé, mais un jeune adulte affichant l'assurance des Fox.

— Il vaudrait mieux que vous partiez, dit-il en se levant. Allez, ouste, du balai !

Ce soir-là, Fleet arriva après sa journée de travail et ils profitèrent d'un moment agréable en évitant de parler boutique. Plus tard, au lit, comblée et à moitié endormie, Lydia troubla une fois de plus cette belle harmonie.

Sans l'avoir planifié, elle lui confia qu'elle n'était pas

parvenue à interroger Luke. Allongés l'un près de l'autre, elle nota la soudaine crispation de sa mâchoire.

— Qu'y a-t-il ?

— Tu n'aurais pas dû voir Fox seule.

— Paul m'a chargée de l'enquête.

— Et tu fais tout ce qu'il te demande ?

Lydia s'écarta, trop lasse pour argumenter. Sa conversation avec Luke lui revint à l'esprit. Elle saisissait à présent ce que Paul essayait de lui dire : quelque chose n'allait pas chez son jeune frère. Les problèmes s'accumulaient. Son père déclinait, Jason était pris au piège dans l'immeuble et le mystère autour de la mort de Marty restait entier. En plus, le policier à ses côtés doutait de ses intuitions sur les Familles.

— Lydia, je m'inquiète pour toi. Laisse-moi t'aider.

Elle se retourna et effleura sa joue. Dans la lueur orangée du réverbère filtrant à travers les rideaux, elle décela un mélange d'inquiétude et d'incertitude dans ses yeux.

— Je sais. Je suis désolée.

Il lui offrit un sourire rassurant.

— Je viendrai avec toi la prochaine fois. Je te servirai de garde du corps et je chuchoterai des messages codés dans mon oreillette.

Lydia ne put s'empêcher de rire.

— N'importe quoi ! D'accord, tu m'accompagneras si tu veux.

Apaisée, elle se laissa glisser dans le sommeil, refusant de céder au malaise dû à l'enquête. Une fois le cas de Marty élucidé, tout rentrerait dans l'ordre.

CHAPITRE QUATORZE

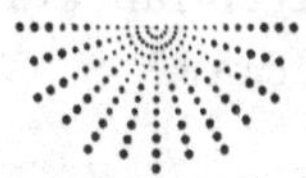

S on portable ne cessait de vibrer depuis trois heures. Plongée dans la mise à jour de ses dossiers et de sa comptabilité, Lydia fit de son mieux pour l'ignorer. Dans le passé, elle y aurait vu le signe que sa relation battait de l'aile, sachant qu'elle détestait s'occuper de la paperasserie, la tâche la plus rébarbative de son activité qu'elle repoussait sans cesse au lendemain. Mais aujourd'hui, c'était différent. Elle n'évitait pas les messages et les appels de Fleet parce qu'elle s'était lassée de lui ou de leurs tendres ébats. C'était plutôt la perspective d'une relation sérieuse qui la retenait, ainsi que les divergences croissantes entre eux.

Elle comprenait ses inquiétudes et savait qu'il s'inquiétait pour elle, mais les doutes constants commençaient à sonner comme des reproches, de plus en plus insupportables. Et s'il décidait de mettre fin à leur liaison parce qu'elle évoluait dans un univers trop différent du sien ? L'idée de perdre Fleet lui tordait l'estomac, lui coupant presque le souffle. Un autre buzz du téléphone la fit sursauter et elle le vit glisser sur le bureau, tel un scarabée frustré.

Elle l'attrapa et rédigea un bref message pour s'excuser

de son silence, suggérant qu'elle était occupée sans se perdre dans des mensonges. Elle promit de le rappeler plus tard.

La sonnerie de son deuxième téléphone retentit — un modèle prépayé tout simple, solide et discret avec une gamme limitée de sonneries, dont certaines semblaient dater d'une autre époque.

Lydia consulta l'appel entrant avant de répondre.

— Bonjour, Maman, ça va ?

— J'aimerais te voir.

La voix n'était pas celle de sa mère, mais d'Henry Crow. Elle l'aurait reconnue entre mille. Chaleureuse, rapide et catégorique. Un ton qui ne tolérait aucune objection.

Lydia se rendit à Beckenham dans sa vieille Volvo bleue, qui émettait de curieux grondements quand elle freinait ou changeait de vitesse, signe que sa robustesse légendaire s'effritait. On aurait dit un cube bleu foncé qui avait toujours l'air sale et poussiéreux, même fraîchement lavé. L'intérieur sentait le renfermé et le pin, héritage de l'ancien propriétaire. Pourtant, Lydia aurait été désolée de s'en séparer. Cette Volvo symbolisait la liberté. Elle l'avait conduite jusqu'en Écosse où elle avait embrassé la profession d'enquêtrice à Aberdeen. Pour la première fois de sa vie, elle avait un objectif et la certitude d'accomplir une œuvre utile, dans laquelle elle excellait.

Malgré la facilité de stationnement en banlieue comparée à Camberwell, elle tourna plusieurs fois avant de se garer près de *The Elm Tree*. Son père passait les jeudis soir dans son pub favori. Lui proposer un rendez-vous un vendredi après-midi ne pouvait signifier qu'une chose : il voulait lui parler hors de la présence de sa mère.

Henry était assis à sa place habituelle, devant une bière, un journal à portée de main. Lydia l'embrassa avant de s'installer en face de lui.

— Lydia, je vais être direct.

— D'accord.

— Note bien ce que je vais te dire, mon temps est compté.

Lydia sentit un frisson d'inquiétude l'envahir.

— Ça ne va pas ?

Henry lui lança un regard qui lui rappela son enfance. Il avait été un père gentil, drôle et affectueux, qui n'élevait jamais la voix, mais possédait une autorité naturelle. Il lui inspirait une peur bleue quand il était contrarié. Elle se hâta de sortir un carnet et un stylo de son sac.

— Ton grand-père m'avait offert un petit talisman. Un objet puissant augmentant les capacités cognitives de son détenteur, seulement pour une courte durée.

Il avait utilisé un artefact magique, rompant une promesse ancienne, et avait recouvré une lucidité temporaire, comprit Lydia.

— Tu te rappelles le mariage d'un Silver à *The Fork* ? Amy Silver et Jason…

— Pas maintenant. J'ai tellement de choses à te communiquer.

Lydia se prépara à prendre des notes.

— De quoi s'agit-il ?

— Alejandro a toujours été ambitieux. Il était fasciné par nos anciennes traditions et pensait que nous pouvions acquérir davantage de pouvoir, « reprendre notre place », je le cite.

— Les Silver n'ont jamais beaucoup souffert.

— C'est une question de degré. Alejandro était obsédé par le trésor familial conservé au British Museum et avait un plan pour le récupérer.

— Il a réussi.

— Tout à fait. Je n'ai pas réagi à l'époque par peur des conséquences. Les autres Familles, paniquées, l'ont imité, craignant qu'Alejandro ne s'empare du pouvoir à Londres.

— Et tu ne voulais pas que notre petit secret se sache, conclut Lydia.

Henry sourit.

— Exactement. Garde-le pour toi. Ne le révèle à personne. Tu t'es déjà demandé pourquoi nous ne sommes que quatre ?

Lydia avait du mal à le suivre. Henry pianotait en cadence sur la table. Elle résista à l'envie de poser sa main sur la sienne pour l'apaiser.

— Quatre familles avec un petit extra, poursuivit-il. Ton grand-père soutenait que nous étions les seuls rescapés. Avant l'existence des archives, c'était courant. Tout le monde ne possédait pas ce « quelque chose en plus », mais chacun connaissait quelqu'un qui l'avait. Seuls ceux qui ont transmis ce savoir à la génération suivante ont survécu. Nous l'avons fait à travers des histoires, les Silver l'ont préservé dans le métal, la méthode des Pearl demeure un mystère et les Fox par la consanguinité.

— C'est vrai ?

Henry haussa les épaules.

— Va savoir ! En tout cas, c'est ce que rapporte la tradition. Il ne faut pas être trop pointilleux à ce sujet. C'était le seul moyen de conserver le pouvoir, à l'instar des rois.

Lydia frémit à cette idée.

— Pour en revenir à nous, reprit-il, tu te souviens des contes de ton enfance ? J'espère que tu étais attentive. C'est ton patrimoine.

Il entreprit de les lui raconter d'une voix saccadée.

— Je les connais, Papa, interrompit Lydia.

— Écris, ordonna Henry en martelant la table.

Elle se souvenait des fables, certaines familières, d'autres plus sombres, où se mêlaient les exploits et les méfaits de leurs aïeux, éléments que son père avait sans doute épargnés à la petite fille qu'elle était, et quelques-unes complètement inconnues. Elle se rappelait bien sûr le Corbeau de nuit ou le Renard persuadant le Corbeau de laisser tomber son fromage. Il y avait aussi des récits plus prosaïques, comme lorsque l'arrière-grand-père Crow, bravant le conseil municipal, avait assuré le financement du Collège des Arts de Camberwell dans les années 1890, garantissant son accès aux étudiants brillants, toutes classes sociales confondues. En contraste, des épisodes moins honorables concernait le grand-père, l'arrière-grand-père et l'arrière-arrière-grand-père, évoquant des histoires de protection, d'extorsion et de chantage.

— Je croyais avoir tout mon temps, poursuivit Henry, la voix éraillée d'avoir tant parlé. J'ai pensé que rien ne pressait, une fois que tu aurais rejoint la Famille.

— Tu n'as jamais douté de ma décision ? s'enquit Lydia, agacée d'être aussi prévisible.

— C'est dans ta nature et j'y ai veillé, répondit Henry, d'une voix triste, presque honteuse.

Lydia s'aperçut qu'elle serrait sa pièce d'or si fort que la tranche s'enfonça dans sa paume. Elle la relâcha.

Son père changea brusquement d'humeur et éclata d'un rire strident.

— Pardon, je te taquinais, dit-il avec l'accent du Sud. Je n'étais sûr de rien. Je voulais te laisser le choix. Il fallait que je te transmette mon héritage. C'est tout ce que je possède.

De retour à Camberwell après avoir affronté des embouteillages monstrueux, Lydia tint sa promesse et appela Fleet. Elle espérait avoir une conversation adulte pour dissiper la tension entre eux mais, comme doués d'une vie propre, ses mots ne reflétaient pas ses intentions.

Avant de partir, elle avait de nouveau essayé d'interroger Henry au sujet d'Amy Silver, mais le charme, la magie, s'étaient brusquement évanouis. À l'attitude ouverte et joviale de son père, s'était substituée la plus grande confusion.

— Tu pourrais rechercher Amy Silver dans tes archives ? commença-t-elle d'emblée.

Ce n'était pas la meilleure entrée en matière. Lydia s'en voulut mentalement. Elle était très douée pour tout gâcher.

— Qui est Amy Silver ?

— Elle est décédée dans les années quatre-vingt. J'ai consulté les journaux, mais je n'ai pas trouvé grand-chose.

— Il y a un rapport avec Marty ? Ou s'agit-il d'une autre affaire ?

— Non, rien à voir.

— Tu me caches quelque chose ?

— Elle est morte au restaurant. Ça m'intrigue, c'est tout.

— Tu t'intéresses à l'histoire de l'immeuble ? demanda Fleet, sceptique. Il me faudrait une bonne raison pour consulter les dossiers. Tout est traçable de nos jours, tu sais, je devrai justifier mes recherches.

— Il n'y a pas moyen de passer outre ?

— Non, rétorqua Fleet, visiblement contrarié. C'est tout le problème.

— C'est décourageant. Pourquoi ne te font-ils pas confiance ?

— Il s'agit plutôt de gagner la confiance du public. Avoir une traçabilité claire garantit que moins d'actes seront reportés ou annulés pour vice de procédure. En théorie.

Désenchantée par un monde de plus en plus opaque et compliqué, Lydia cherchait un exutoire à sa frustration.

— C'est ridicule !

— Je verrai ce que je peux faire, promit Fleet.

— Merci.

— Tu veux venir à la maison ?

— Pourquoi pas chez moi ?

— Pas ce soir, je dois me coucher tôt. Mais tu es toujours la bienvenue ici.

Il était injuste d'exiger que Fleet vienne toujours chez elle. Il était temps de faire des concessions, des compromis, d'agir de manière intelligente et sensée, bref, faire preuve de maturité.

— Je comprends. On se voit demain ?

— Bien sûr. Bonne nuit.

Lydia siffla la bouteille de whisky entamée et alla se coucher de fort mauvaise humeur. C'était de sa faute, elle le savait, ce qui ne faisait qu'aggraver la situation.

CHAPITRE QUINZE

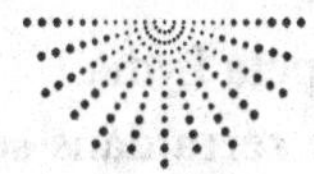

Après une nuit agitée et une forte dose de caféine au réveil, Lydia se mit en quête de Jason. Elle se rendit compte avec une pointe de culpabilité qu'elle ne l'avait pas vu depuis la séance d'Ouija. Les récits de son père lui avaient rappelé que, par le passé, les Crow n'avaient pas toujours été bienveillants ou altruistes, une attitude à éviter. Sauf en cas de nécessité absolue.

Après avoir inspecté sa chambre et la cuisine, Lydia sortit sur la terrasse. Jason était là. Penché sur la balustrade, il scrutait l'allée derrière l'immeuble. Elle savait qu'il passait des heures sur le toit, quand il n'essayait pas de franchir la porte de la cuisine ouvrant sur l'allée des bennes.

— Salut ! murmura-t-elle pour ne pas lui faire peur. (L'ironie de la situation ne lui avait pas échappé.)

Il se retourna, l'air abattu, et croisa les bras, escamotant ses mains dans les manches de son veston.

— Des nouvelles ? questionna-t-elle.

Il secoua la tête.

— Non, et toi ?

— J'ai demandé à Fleet d'enquêter sur Amy. Je suis vraiment désolée.

— De quoi ? De sa mort ou de la séance de spiritisme ?

— Des deux.

— Je suis dans une impasse. Je radote, je sais, mais apprendre qu'elle existe quelque part, loin de moi, c'est encore plus dur.

— Tu aimerais la retrouver ?

— Tu n'imagines pas…

— Je suis désolée, répéta Lydia.

Elle s'approcha et le serra dans ses bras, indifférente au froid et à la légère décharge électrique qu'elle ressentait à son contact.

Fleet appela un peu plus tard.

— Je n'ai pas de très bonnes nouvelles, annonça-t-il. Je sais pourquoi la presse n'a pas parlé d'Amy Silver. C'est une affaire non résolue.

— Non résolue ?

— Elle est décédée le jour de son mariage avec Jason. Ils avait invité quelques parents et amis à la réception organisée à *The Fork*.

Lydia se garda de l'interrompre, tandis que Fleet poursuivait.

— Amy Silver avait 23 ans, Jason 24. Ils n'avaient pas de problème de santé, pas d'ennemis et aucun lien connu avec le crime organisé. C'est d'ailleurs étrange qu'ils aient choisi *The Fork* pour la fête.

— Une minute, c'est de ma famille dont tu parles, s'exclama Lydia, indignée, même si elle savait qu'il avait raison. La cause du décès ?

— Inconnue. Aucune signe de violence. Le rapport toxicologique et l'autopsie ne révèlent rien.

— Rien du tout ?

— C'est invraisemblable. Ils n'ont pas pu mourir subitement sans raison. Il y a forcément une erreur.

— Dans l'enquête ?

— C'est possible. C'était avant l'introduction du système actuel, plus rigoureux que l'ancien. Un document a pu s'égarer entre les services, à moins qu'il n'y ait eu une mauvaise communication d'un secteur à l'autre.

— Puis-je consulter les rapports d'autopsie ?

Fleet soupira.

— Quand le vin est tiré, il faut le boire. C'est connu.

EN ARRIVANT UN PEU PLUS TARD, IL INTRODUISIT SON MOT DE passe et lui tendit son ordinateur. Les documents, autrefois en papier, étaient désormais numérisés. Lire les notes manuscrites donnait à Lydia l'impression de remonter le temps. La vue de Jason, étendu sur la table d'examen, le visage cireux comme un masque, la bouleversa. Elle avait beau avoir vu d'autres cadavres, cette vision la perturba profondément. Elle balaya la pièce et ne l'aperçut nulle part. S'il avait été là, il aurait été bouleversé.

Elle leva les yeux et croisa le regard inquiet de Fleet.

— Ça va ? demanda-t-il.

— Oui, merci. (Comment lui avouer que c'était affreux de voir son ami dans cet état ?) Tu penses qu'il serait possible de rouvrir l'enquête ?

Fleet secoua la tête.

— C'était il y a longtemps. Je doute qu'on trouve quelque chose de nouveau.

— Des affaires classées sont parfois résolues.

— Oui, seulement là, il ne s'agit même pas d'un meurtre, mais de morts tragiques et inexpliquées. Aucune cause de décès, aucun mobile, aucun suspect. Je ne saurais même pas par où commencer.

Lydia examina la photo avec attention, cherchant un indice, un détail qui lui aurait échappé. Soudain, l'écran devint noir et elle crut que la batterie était déchargée. Une seconde plus tard, il se ralluma avec le message : « erreur, fichier introuvable ».

— Ce n'est pas bon signe, commenta-t-elle.

— C'est un bug, supposa Fleet. Je retourne au bureau pour voir ce qu'en dit le service informatique.

— Maintenant ?

— Oui. C'est important, sinon tu ne poserais pas la question.

Fleet glissa l'appareil dans sa housse, l'embrassa et s'en fut.

Après son départ, Lydia prit une douche et rangea l'appartement, tâche qu'elle délaissait habituellement, même si elle s'avérait nécessaire. Le soir tombait quand il revint.

— On commande quelque chose à manger ? proposa-t-elle, pendant qu'il retirait son manteau. Qu'est-ce qui ne va pas ? ajouta-t-elle, notant son air préoccupé.

— C'est délicat. J'ai reçu un appel de la NCA.

L'Agence nationale contre le crime ?

— C'est ça. Elle avait la responsabilité de l'affaire avant son transfert aux services de renseignements. Je dois m'adresser à eux si j'ai des questions.

— Tu as le nom d'un contact ?

Fleet se passa une main sur le visage.

— Non. Le message était sans équivoque : mieux ne pas insister si je tiens à ma carrière.

— Incroyable !

C'est la première fois que je vois un document disparaître en temps réel. D'habitude, on nous prévient.

Pourquoi le dossier a-t-il été transmis à la NCA ?

— À cause du crime organisé, très certainement, du lien avec *The Fork*.

— Quand il a mentionné les services de renseignements, il voulait dire le MI5 ?

Fleet confirma d'un signe de tête.

— Nous n'accéderons jamais aux sources.

— Merci d'avoir essayé.

— Après leur appel, le dossier a entièrement disparu. J'ai effectué une autre recherche et j'ai eu un nouveau message d'erreur, indiquant que le lien était temporairement indisponible. Ils ont agi vite. Pourquoi une telle urgence pour une affaire classée ?

— Tu n'as rien trouvé sur Amy ?

— L'entretien téléphonique m'a interrompu et ensuite tout a été effacé.

Lydia jeta un regard inquiet autour d'elle. Elle avait soudain l'impression d'être observée.

— Ne t'en fais pas. Ils doivent penser que je suis un simple flic. Les services de renseignements ne nous tiennent pas en grande estime. Ils nous traitent de ramollos du bulbe et d'autres surnoms peu flatteurs que je préfère ne pas répéter.

Lydia sourit.

— Je suis une vraie dame, rappelle-toi

Fleet lui rendit son sourire.

— Exactement.

Lydia n'était pas convaincue. Elle voyait bien que Fleet était perturbé, lui qui se départissait rarement de son calme.

CHAPITRE SEIZE

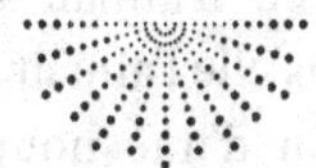

Les Fox avaient deux particularités distinctives : vous faire passer un bon moment tout en vous dépouillant de vos biens. Le nombre de boîtes de nuit et de bars qu'ils possédaient à Londres demeurait un mystère. Si vous preniez une cuite à Whitechapel, il était à peu près certain que vous vous trouviez dans l'un de leurs établissements. Peu familière avec ce quartier, Lydia était sur ses gardes. Elle venait glaner des renseignements sur l'un des leurs. Marty Benson avait apparemment travaillé comme serveur au théâtre de Cable Street, et elle espérait rencontrer des personnes qui l'auraient connu. En comprenant mieux sa vie, elle pourrait peut-être découvrir les circonstances de sa mort.

Elle avait envisagé d'inviter Emma, à la fois pour le soutien moral et pour passer du temps avec sa meilleure amie. Elle savait qu'elle négligeait trop souvent ses relations personnelles. À en croire un podcast entrepreunarial écouté récemment en courant dans le parc, elle ne pouvait plus continuer ainsi. Au lieu de recommandations profession-nelles, elle avait eu droit à un plaidoyer sur le développe-ment individuel. Frustrant.

Elle avait envisagé d'y aller seule, mais après en avoir discuté avec Fleet, il avait tenu pour l'accompagner.

Elle était vêtue d'un haut en soie noire à sequins et d'un jean moulant de la même couleur, et elle avait troqué ses Dr. Martens pour d'élégantes bottes à hauts talons. Elle voulait se mêler discrètement à la foule, rien de plus. Fleet doutait de son jugement et elle n'aimait pas qu'il tente de lui imposer sa volonté. Mais elle l'aimait profondément.

— Je n'ai pas besoin d'une nounou, protesta-t-elle en appliquant son mascara, puis son rouge à lèvres. Tu n'as pas besoin de venir.

Il s'approcha et lui enlaça la taille.

— Il y a pire que sortir avec toi. Tu te trouves comment, ce soir ?

Lydia se regarda dans la glace et comprit l'allusion.

— Puisque mon apparence te plaît tant, attends-moi ici. Pas besoin de m'escorter chez les Fox pour vérifier que ça marche entre nous.

Fleet éclata de rire. Observant son reflet dans la glace, Lydia constata que sa tentative de diversion avait eu l'effet escompté.

Il se pencha pour l'embrasser passionnément dans le cou, la faisant frissonner de la tête aux pieds.

— Pourquoi refuses-tu l'idée d'une relation plus sérieuse entre nous ? J'aimerais qu'on partage plus que nos nuits.

Lydia soupira.

— C'est adorable. J'apprécie ta galanterie, mais ce soir, c'est professionnel.

Fleet feignit de ne pas entendre.

— Nous formons une excellente équipe, n'est-ce pas ?

Lydia savait qu'elle ne pouvait pas le tenir à distance encore longtemps. Il lui avait démontré sa sincérité, donc la balle était dans son camp à elle. Décidément, cette histoire de développement individuel la travaillait. Elle pivota vers lui et lui caressa la joue.

— Bien sûr. Et je suis ravie que tu sois là.

Fleet retint un fou rire.

— Arrête. C'est la vérité.

Il l'étreignit et l'embrassa à pleine bouche, les laissant tous deux pantelants, les yeux écarquillés. Lydia sentit l'espoir renaître dans son cœur. La distance qui s'était installée entre eux n'était plus qu'un mauvais souvenir.

ELLE RECTIFIA RAPIDEMENT SON ROUGE À LÈVRES ET, APRÈS UN trajet en métro sans encombre, ils se retrouvèrent à deux pas de Cable Street. Lydia était ravie d'avoir emprunté la ligne aérienne. Lassée de ses déplacements sous terre, elle aspirait à les éviter à l'avenir. Ils arpentèrent la rue tranquille, perturbée occasionnellement par une rame qui circulait en hauteur. Les trottoirs étroits étaient bordés de maisons géorgiennes avec leurs façades en pierre couleur crème et leurs briques caractéristiques de Londres, nichées entre des constructions contemporaines. Le musée Jack l'Éventreur, sombre témoignage de l'histoire du quartier, se dressait près d'une supérette. En arrivant sur Royal Mint Street, Lydia comprit qu'ils s'étaient trompés et ils rebroussèrent chemin pour localiser la salle. Le théâtre, un ancien music-hall, avait ouvert en 1848 et vu des générations d'enfants du quartier jouer à cache-cache dans les travées. La direction ne portait pas le nom des Fox, qui y avaient pourtant massivement investi, mais tout le monde savait que Tristan était l'un des propriétaires. L'aura des Fox était palpable, bien avant que Lydia ne repère la porte du théâtre, peinte en cramoisi et décolorée par le temps. Les affiches encadrées sur le mur près de la porte et l'imposant luminaire en fer forgé, projetant un halo jaune sur le sol, étaient un avant-goût du somptueux décor qui attendait le spectateur à l'intérieur.

Ce soir, le programme proposait un numéro de cabaret,

introduit par un accordéoniste en vogue, adulé par ses fans. Ayant acheté des billets en ligne, Lydia présenta son téléphone à l'ouvreuse en redingote et queue-de-pie au pied de l'escalier.

— Un verre ? proposa-t-elle en apercevant la signalétique du bar.

Le bar aux allures de paquebot en fer forgé finement ouvragé et couronné de cuivre patiné dominait la salle. Avec ses murs de plâtre craquelé et lézardé, il s'ouvrait sur une enfilade de pièces communicantes. Entre deux portes, Lydia aperçut un piano coiffé d'une enseigne vintage : "VIXEN", inscrit en grosses lettres métalliques et éclairé par des ampoules.

Fleet regarda autour de lui.

— Charmant ! Je paie la première tournée.

Il se dirigea vers le bar, tandis que, mue par la curiosité, Lydia explorait les lieux. Les pièces adjacentes avaient conservé l'authenticité d'origine du bâtiment classé « monument historique ». On aurait dit une taverne victorienne, en faisant abstraction la modernité du public et de la lumière électrique.

Dans la dernière pièce, un canapé en velours rouge trônait entre des murs ocre. L'atmosphère était chargée de la magie Fox. Lydia s'y était préparée. Elle se sentit soudain irrésistiblement attirée par une femme qui venait de se lever. Son instinct la poussait à l'approcher, mais elle se retint. L'inconnue paraissait être de son âge, voire dans la quarantaine. Ses longs cheveux auburn bouclés évoquaient les toiles préraphaélites, et sous cet éclairage, ses yeux avaient une teinte verte délicate. Elle était très belle. Lydia se demandait si c'étaient son désir d'informations, la magie Fox ou une simple fascination qui l'incitaient à engager la conversation.

— Pourriez-vous m'indiquer la grande salle ? demanda-t-elle avec un sourire. C'est un vrai labyrinthe ici.

L'autre la toisa de la tête aux pieds et lui rendit son sourire.

— Suivez-moi.

Lydia lui emboita le pas à travers un dédale de salons jusqu'à l'escalier central.

— Redescendez vers l'entrée principale, puis passez la double porte à gauche.

— Suis-je bête ! Je pensais que c'était là-haut, quelque part.

— Non. Sauf si vous avez une place au balcon ?

Lydia secoua la tête. Comme sa guide s'éloignait, elle se risqua.

— Puis-je vous offrir un verre ?

La belle inconnue jeta un regard par-dessus son épaule.

— Volontiers.

Lydia aperçut Fleet qui venait dans sa direction, un verre dans chaque main. Un jeu de regards et un mouvement de tête imperceptible. Il comprit qu'elle n'était pas seule et bifurqua vers la pièce voisine avec le plus grand naturel.

Lydia commanda un gin tonic pour son invitée et un whisky pour elle-même. Elle chercha ensuite un coin tranquille ou une table libre dans le bar animé.

— Nous pourrions nous installer dans la salle, si vous le souhaitez, proposa sa nouvelle amie. On trouvera une bonne place.

Ayant cru à tort que les billets étaient numérotés, Lydia admit qu'elles y seraient certainement plus à l'aise pour bavarder avant le début de la représentation. Elle suivit la femme dans l'escalier et pénétra dans la salle. L'endroit sentait le fard, le tabac et l'alcool, et dégageait le charme désuet d'un théâtre victorien. Quelques rangées de sièges entourées d'une balustrade étaient disposées au balcon. Les loges longeaient l'allée centrale presque jusqu'à l'avant-scène, brillamment illuminée par des lustres et décorée de motifs floraux en stuc.

D'autres personnes avaient déjà pris place par petits groupes.

— Je me présente, je m'appelle Alex. À la vôtre !

Lydia leva son verre à son tour.

— Becca.

— C'est la première fois que vous venez ici ?

— C'est si évident ?

Lydia avala une longue gorgée de whisky, incitant Alex à l'imiter. Il restait une vingtaine de minutes d'ici le lever du rideau et le temps pressait.

Alex sirota son gin tonic avant de reprendre la parole.

— Si vous jouez le jeu, je pourrai vous montrer les passages secrets.

Lydia retint une plaisanterie douteuse. Elle cherchait à établir une complicité avec Alex, sans toutefois trop s'avancer.

— Sous nos pieds, précisa Alex en frappant le sol du talon. Des trappes et des couloirs cachés relient les caves à la rivière. Autrefois, les marins ivres étaient dépouillés avant d'être balancés dans la Tamise.

Elle haussa les sourcils, attendant la réaction de Lydia qui manifesta un grand intérêt.

— Si l'histoire avait été aussi passionnante à l'école, j'aurais eu de meilleures notes.

— Il y a longtemps ?

Lydia arbora un sourire espiègle.

— Si vous voulez connaître mon âge, il suffit de demander.

— Très bien. Je vous pose la question.

— Je suis assez jeune pour ne pas être vexée. Et vous ?

— Je ne fais pas mon âge.

— Quelle chance ! Vous venez souvent ici ?

Alex sourit.

— Assez, oui.

Lydia savait que la jeune femme était une Fox, mais ignorait son degré de parenté. La puissance de son aura laissait présager une proximité avec la branche principale, surtout ici, en dans le fief familial. Lydia ne voulait pas se contenter de suppositions, surtout après le petit laïus de Paul concernant les relations distendues de sa famille. Elle devait trouver une manière plus subtile de se renseigner sur Marty. Et vite, car la salle commençait à se remplir.

— Je parie que ce serait encore mieux avec un petit supplément chimique, lança-t-elle.

Alex afficha une moue perplexe.

Bravo, Lydia. Bien joué.

— Ça vous branche, ce genre de truc ?

Lydia haussa les épaules.

— Pas vraiment.

Alex lui jeta un regard pénétrant.

— Vous avez cru que j'étais une dealeuse ?

— Non ! J'ai pensé que vous étiez la personne idéale pour m'aider. Vous semblez avoir des ressources.

— Flatteuse, répliqua Alex d'une voix neutre, mais ses yeux souriaient.

Sans lui laissa le temps de répondre, elle se leva et lui tendit la main.

— Venez !

— Maintenant ? Mais ça va commencer !

— Justement. Il n'y a pas une minute à perdre.

Elle entraîna Lydia vers le côté de la scène, vira à droite et dépassa la première rangée de sièges jusqu'à une porte dissimulée dans un coin. Elle s'ouvrait sur un couloir étroit qui sentait le moisi et le tabac froid. Lydia suivait sans se méfier, quand soudain Alex se retourna, la saisit par le cou et la plaqua au mur avec une force impressionnante.

— Qui êtes-vous ?

— Becca…

Alex serra plus fort.

— Que me voulez-vous… Becca ?

L'incrédulité dans sa voix indiquait qu'elle n'était pas dupe.

Lydia poussa un son étranglé, espérant qu'Alex lâcherait prise. Ce qu'elle fit. Elle utilisa ses bras comme levier pour se libérer. Un coup de genou bien placé dans l'estomac désarçonna son adversaire. Lydia en profita pour se glisser derrière elle et l'immobiliser, mettant en pratique les mouvements de ju-jitsu qu'elle avait appris.

— Je cherche Marty Benson, souffla-t-elle. Il me doit de l'argent et on m'a dit qu'il trafiquait parfois ici.

Alex cessa de résister et s'affaissa. Lydia ne s'y trompa pas. Les Fox étaient des simulateurs-nés. Elle devait rester vigilante. Elle maintint la pression, prête à réagir.

— Pourquoi ne l'avez-vous pas dit plus tôt ? demanda Alex, la voix tendue. Je peux vous y conduire.

Sans prévenir, elle tenta d'un coup de reins de bousculer Lydia en se cramponnant à son bras.

Lydia avait beau s'y être attendue, elle sentait qu'elle ne tiendrait pas longtemps. Son entraînement physique avait ses limites et sa petite taille n'était pas un avantage.

Elle avait du mal à respirer. L'épuisement approchait.

— Je ne crois pas, haleta-t-elle. Il est mort.

CHAPITRE DIX-SEPT

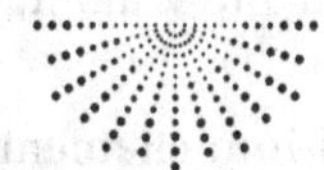

Alex cessa de se débattre, définitivement, cette fois. Lydia restait vigilante quand brusquement, la porte au fond du passage s'ouvrit sur Fleet. D'un coup d'œil, il évalua la situation et s'approcha à grandes enjambées.

Lydia relâcha son adversaire

— C'est sous contrôle, assura-t-elle.

Fleet se pencha vers Alex.

— Comment allez-vous ? Avez-vous besoin d'un médecin ?

Alex secoua la tête. Lydia, massant son bras endolori, remarqua que la jeune femme semblait prostrée, en état de choc.

— Marty était l'un de vos amis ?

Alex acquiesça.

Fleet caressa tendrement le visage de Lydia. Elle sentit sa chaleur irradier sous sa peau.

— Que s'est-il passé ici ? Faut-il intervenir ?

— Non, dit Lydia. Je n'envisage pas de porter plainte pour agression, et je doute que nous ayons perturbé l'ordre public.

Les yeux exorbités, Alex se redressa avec difficulté.

— C'est elle qui m'a attaquée, sans mentionner l'usurpation d'identité. *Becca*.

— Lydia Crow, pour vous servir, fit Lydia, la main tendue.

Alex resta interdite.

— Une Crow ? Tout s'explique. J'aurais dû m'en douter. Que faites-vous avec un flic ? ajouta-t-elle avec un regard oblique vers Fleet.

Les Fox étaient traditionnellement plus souples vis-à-vis de la loi que les Crow. Ayant toujours été des esprits indépendants, vivant en marge de la société, il n'était pas surprenant que Marty Benson ne figure dans aucune base de données. Les Fox se terraient dans leur trou dans tous les sens du terme.

Lydia lui tendit sa carte professionnelle ornée d'un corbeau gravé en relief, une idée d'Emma. Elle avait fait ce choix stratégique bien qu'ayant préféré ne pas capitaliser sur son héritage familial, mais nécessité faisait loi et les factures ne se payeraient pas d'elles-mêmes.

— Toutes mes condoléances, enchaîna-t-elle. J'enquête sur le décès de Marty à la demande de Paul Fox.

Alex prit la carte et l'examina, l'air déconcertée. Lydia sentit qu'il fallait agir vite.

— Savez-vous qui aurait voulu du mal à Marty ?

Alex la fixa, perplexe.

— Il ne s'est pas suicidé ?

— Qu'est-ce qui vous le fait croire ? Il était dépressif ?

Il avait des problèmes, vous savez. Il n'était pas très heureux, comme la plupart d'entre nous d'ailleurs. Il était devenu parano. Je pensais qu'il avait peut-être abusé de substances. Elles sont bien plus puissantes qu'avant. Ça peut vraiment vous bousiller, ces saletés-là.

— Pourquoi était-il paranoïaque selon vous ?

Alex marqua une pause. Lydia attendait sa réponse

d'Alex sans rien dire. Malgré sa haute taille, Fleet se fondait discrètement dans le décor.

— Vous avez remarqué son tatouage : « Maudit » ?

Lydia opina.

— Oui, plutôt sinistre.

Alex frissonna.

— Il y croyait profondément. Un cousin lui avait affirmé qu'il était maudit et c'est là qu'il a commencé à perdre pied. Il avait toujours été un peu fêlé, vous savez. Hyper stressé. Après, il s'est mis à délirer complètement. Il était certain qu'il allait mourir.

— Un simple commentaire de la famille l'a mis dans cet état ?

— Ça a l'air idiot, mais nous sommes superstitieux.

— Ce n'est pas idiot du tout. Les Crow sont pareils.

— Je ne sais pas pourquoi il l'avait pris au mot. Il n'était pas si pessimiste d'habitude.

— A-t-il expliqué pourquoi il était effrayé à ce point ?

Alex haussa les épaules. Elle avait repris des couleurs.

— Pas vraiment.

— Il avait peur de quelqu'un ou d'un endroit en particulier ? Savez-vous s'il avait des ennuis ?

— Il m'a dit qu'il l'avait bien cherché. Mais je pensais qu'il voyait tout en noir. Il était souvent déprimé. Il n'avait absolument pas confiance en lui.

— Y avait-il quelqu'un de nouveau dans sa vie ? On le menaçait ?

Alex secoua la tête.

— Pas que je sache. Il n'était pas très sociable. Il vivait dans sa bulle, ne voyant que ses clients et des amis de longue date.

— Il avait une compagne ?

— Pas depuis Katy.

— Katy ?

— Je ne la connais pas. Elle est décédée avant ma rencontre avec Marty. Il ne s'en est jamais vraiment remis.

— Comment est-elle morte ?

Un frisson saisit Lydia. Elle pressentait la réponse, une intuition qui lui nouait l'estomac.

— C'est une tragédie. Marty avait l'habitude de prendre des drogues. Un jour, il a convaincu Katy de se défoncer à l'ecstasy avec lui. Elle n'y a pas survécu.

— Un comprimé contaminé ?

— Non, pur. Une surdose. Katy n'a pas résisté, contrairement à Marty.

— Il avait pourtant un problème cardiaque.

— C'est récent. Apparemment à cause d'une surconsommation de certaines substances. Ironique, non ?

— Tragique. Connaissez-vous le nom complet de Katy ?

Alex parut fouiller dans sa mémoire.

— Je ne me rappelle pas.

Elle examina la carte remise par Lydia.

— C'est votre profession ?

En effet. Une dernière question. Quelqu'un d'autre savait que Marty était malade ?

— Son problème cardiaque ? Tout le monde était au courant. Ce n'était pas un secret.

— Il dormait ici ?

Alex hésita avant de confirmer.

— Vous vous rappelez les passages secrets dont je vous ai parlé ? Il y a des caves et des entrepôts sous ce bâtiment.

Lydia frissonna. *Encore des souterrains. Génial !*

Guidés par Alex, Fleet et Lydia atteignirent une salle au sol recouvert d'une natte. Des étagères métalliques, chargées de fournitures de bar et d'articles variés, tapissaient les murs.

— Non sans réticence, Alex dévoila une trappe, dissimulée sous la natte qu'elle écarta du pied.

— C'est humide et insalubre, remarqua-t-elle. Je l'avais averti, mais il ne m'écoutait jamais.

Fleet souleva le panneau, révélant une courte échelle métallique. Lydia tenta de sonder la profondeur avec la torche de son téléphone, mais le faisceau ne parvenait pas à atteindre le sol, trop distant. L'éclairage ambiant était également inefficace, comme si l'obscurité de la cave repoussait la lumière.

— Vous travaillez vraiment pour Paul Fox ? insista Alex.

— Oui. Il me paye pour cette enquête.

Lydia aperçut un sac de couchage et un baluchon en toile.

— On descend ? proposa-t-elle à Fleet.

— Je passe d'abord.

Il saisit le haut de l'échelle pour en éprouver la solidité. Le métal émit un grincement métallique.

— Pas sûr que ça tienne. Je suis plus lourd que Marty.

Lydia se tourna vers Alex.

— Êtes-vous déjà allée en bas ?

— Non, rien qu'à l'idée, j'en ai la chair de poule.

Fleet introduisit un pied dans l'ouverture, puis posa le pied sur le premier échelon. Il pivota face au mur et se positionna sur l'échelle, les jambes invisibles et le torse émergeant du sol. Sous un certain angle, on aurait dit Adonis surgissant de terre, ou encore un homme miraculeusement coupé en deux, mais conservant son sourire.

Il descendit rapidement l'échelle brinquebalante.

— Ce n'est pas très rassurant, nota Lydia.

— Tout va bien. Je te rattraperai si tu glisses.

— Après vous, dit Lydia, mais Alex secoua énergiquement la tête.

— Pas question. L'endroit est hanté.

— Ça m'étonnerait.

Elle descendit à son tour, imitant la technique de Fleet.

Au fond, explorer les lieux serait plus simple sans l'amie envahissante de Marty.

Le métal était froid sous ses doigts. L'air épais comprimait sa poitrine, l'obligeant à respirer à petites bouffées.

Fleet avait allumé une petite torche, plus puissante que celle du portable de Lydia. Elle l'ajouta in petto aux équipements essentiels à acheter. Les murs de la cave étaient en brique, recouverts çà et là d'un enduit lézardé avec le temps. Une moisissure verdâtre envahissait l'espace jusqu'au plafond, plus élevé qu'elle ne l'avait cru. Un examen plus attentif suggérait que le sol avait été creusé.

Fleet balaya l'endroit avec le faisceau de sa lampe.

— On y stockait probablement des décors de théâtre, suggéra Lydia. C'est curieux, mais ça expliquerait la profondeur.

— Mon expérience en matière de caves est plutôt limitée, admit Fleet. Celles non aménagées en tout cas. C'est probablement le dernier espace inexploité de Whitechapel.

Lydia inspecta le sac de couchage. Il était très léger et de bonne qualité, placé sur un mince tapis bleu brillant. Du matériel « technique », à l'évidence. Elle en prit note et fit quelques photos.

— Marty devait être un randonneur expérimenté, à moins qu'il n'ait volé ces articles, observa-t-elle.

— Il a pu les emprunter, suggéra Fleet.

Il leva les yeux vers l'ouverture d'où Alex les observait.

— Vous lui avez prêté ce matériel ?

— Non, c'est le sien. Pourquoi ? C'est important ?

— Probablement pas.

— Qu'y a-t-il là-dessous ? Avez-vous trouvé quelque chose ?

— Pas encore, répondit Lydia.

Elle déroula le duvet, qui renfermait des chaussettes et un caleçon.

Fleet enfila une paire de gants, ouvrit le sac et le vida.

Des vêtements tombèrent sur le sol humide. D'un geste, il arrêta Lydia qui s'apprêtait à les examiner.

— Mets des gants et fais attention. Il pourrait y avoir des objets tranchants.

— Des seringues ?

— Ou un couteau.

— Il se droguait ? demanda Lydia.

Elle n'obtint pas de réponse. Alex avait disparu. Soudain, la trappe se referma, plongeant la pièce dans une obscurité presque totale.

— Alex ! Ouvrez !

Un raclement indiqua qu'Alex déplaçait quelque chose sur la trappe.

— Ça devait arriver, dit Fleet d'une voix si calme que Lydia se prit à espérer qu'il avait un plan B.

Il y a forcément de la lumière quelque part. Il n'a pas pu vivre ici dans le noir.

Le pinceau de la torche illumina le sol, découvrant une bougie dans une bouteille.

— On se croirait dans du Dickens, commenta Fleet. Je ne suis pas sûr qu'on puisse l'allumer sans danger.

La mèche ne prendra pas à cause de l'humidité, déclara Lydia avec une assurance simulée.

L'odeur était si fétide qu'elle craignit la présence d'un gaz d'égout dans les sous-sols.

Fleet lui passa la torche et fourra les vêtements dans le sac.

— On verra ça une fois dehors.

Quelque chose remua dans le noir. Lydia sursauta et rendit sa lampe à Fleet, utilisant son téléphone pour inspecter les murs, effrayée à l'idée de la présence de rongeurs. Une vague de panique la submergea et elle sentit ses mains picoter.

— Comment va-t-on sortir d'ici ? L'odeur est insoutenable.

— Ton portable capte ?

Lydia vérifia.

— Non.

Fleet s'éloigna en brandissant le sien. Lydia le suivit pour ne pas rester à la traîne.

— Le mien non plus, constata-t-il après un moment. Mais ça va peut-être revenir.

Il cherchait à la tranquilliser. Émue, elle se sentit mieux.

— Il y a une porte là-bas, indiqua-t-il au bout de quelques minutes.

En avançant, ils découvrirent une porte non verrouillée ouvrant sur une pièce similaire. Au fond, on distinguait une voûte qui s'élargissait.

— Alex m'a parlé d'un passage débouchant sur la Tamise, expliqua Lydia. On l'utilisait autrefois pour des livraisons clandestines au bar.

— Ça me paraît peu probable, mais espérons qu'elle ait raison.

Rassurée, Lydia avait les idées plus claires.

— Attends, dit-elle. Voyons si Marty a laissé quelque chose d'utile.

Elle fouilla méthodiquement l'endroit en quête d'objets ayant appartenu à Marty, examinant les murs et le sol à la recherche d'inscriptions ou de notes épinglées. Peut-être à cause de sa cohabitation prolongée avec Jason, ou du fait de la tension palpable dans l'air, elle s'attendait presque à découvrir des gribouillis inquiétants, gravés dans la brique.

Le sac de Marty sur l'épaule, Fleet déplaça le duvet pour lui permettre d'explorer le sol. À part des bocaux et des bouteilles contenant des bougies à moitié consumées, des briquets en plastique et des feuilles à rouler Rizla, des traces d'humidité et de petits monticules, probablement des déjections de rongeurs, l'endroit ne recelait rien d'intéressant.

Lydia remarqua un coffret verrouillé semblable à ceux dont se servaient les commerçants, même s'il était facile de les emporter. Elle mit des gants et s'en saisit. Soudain, un éclair d'argent obscurcit sa vue et elle sentit un goût métallique monter dans sa gorge.

— On échange ? proposa-t-elle.

Au lieu de lui remettre le sac, Fleet attrapa la boîte qu'il fourra à l'intérieur avant de le remettre sur son épaule.

Certaine de n'avoir rien oublié, Lydia le suivit dans la pièce voisine où l'air était suffocant. Elle éclaira la salle et repéra un tas de détritus dans un coin, des barquettes de plats à emporter et des bouteilles d'alcool vides. Une goutte tomba sur sa main. Elle leva sa lampe et découvrit des taches de moisissure et une substance ressemblant à de la mousse sur le plafond.

Fleet se pencha en passant sous la voûte, le plafond bas et les murs suintant d'humidité.

— On dirait que nous sommes sous l'eau.

La panique s'empara de Lydia. L'air humide lui faisait craindre d'inhaler quantité de particules de moisissure.

— On peut sortir par là, tu crois ?

Fleet obstruait le passage et elle tendit la main pour le toucher, cherchant du réconfort.

— Il y a une porte là-bas, déclara-t-il en s'écartant pour qu'elle puisse voir. Il étudia les gonds et la serrure, essaya la poignée et cogna au battant.

— Elle est bloquée. Recule.

Lydia s'éloigna. D'un coup de pied, Fleet enfonça la porte. Derrière, un escalier étroit menait à une autre porte, fermée par un verrou rouillée. Après quelques efforts, ils se retrouvèrent enfin à l'extérieur.

Lydia n'avait jamais été aussi heureuse de respirer l'air frais et d'entendre les bruits nocturnes de la ville, malgré la pollution lumineuse du ciel. Ils se trouvaient dans une ruelle, non loin de leur point de départ. Lydia estima qu'ils avaient dû parcourir quelques mètres à peine et se réjouit de ne plus jouer les troglodytes.

. . .

FLEET L'ENLAÇA ET L'ATTIRA CONTRE LUI, TANDIS QU'ILS s'éloignaient du théâtre.

— Quelle aventure ! dit-il.

— Pourquoi Marty n'a-t-il pas pensé que la malédiction pourrait tuer sa petite amie ?

— Peut-être qu'il l'a compris et s'est senti coupable.

En tout cas, on revient à la case départ concernant la liste des suspects. Tout le monde savait qu'il était malade et son tatouage prouvait qu'il était un brin paranoïaque. Tu pourrais creuser du côté de son ex-petite amie ?

— Je vais essayer, mais je ne te garantis rien.

— Je sais. Les contraintes des bases de données, de la sécurité et tout ça. N'importe quel indice sera précieux.

Fleet lui lança un regard amusé.

— Tu veux dire maintenant ? Moi qui espérais t'inviter chez moi…

Lydia secoua la tête.

— J'aimerais me mettre à rédiger mes notes concernant Marty tant que c'est frais dans ma mémoire.

— D'accord. Je file au bureau. Tu veux que je prévienne l'officier responsable que tu enquêtes sur la mort de Marty ?

— Non. Mauvaise idée.

— Tu as sans doute raison. Je pense quand même qu'ils devraient reconnaître l'excellent boulot que tu fais.

— Ils n'ont pas besoin de fourrer le nez dans mes affaires. Je préfère rester discrète. Sauf avec toi, évidemment.

— Évidemment, répéta Fleet, les yeux pétillants de malice.

Une vague de désir submergea Lydia. Elle se pressa contre lui et l'embrassa avec fougue.

Les mains de Fleet se perdirent dans la soie de son corsage.

— Je n'ai plus trop envie d'aller travailler.

Electrisée par ce contact, Lydia frissonna.

— Moi non plus, mais j'ai besoin de me laver.

Fleet gémit.

— Toi nue sous la douche… Je vais être obsédé par cette vision toute la journée.

— C'est le but, sourit Lydia.

De retour chez elle, elle étala un drap sur le sol de son bureau avant d'y déverser le contenu du sac de Marty. Elle s'accroupit pour l'examiner, assurée de ne rien oublier. Le spectacle était navrant : c'étaient probablement les seules richesses de Marty Benson, l'unique descendant de Blackthorn Fox, lié à Tristan par la fille d'une grand-tante éloignée avec qui elle avait coupé les ponts. Paul lui avait donné un aperçu de la généalogie familiale, mais des zones d'ombre subsistaient.

Elle tendit la main vers la bouteille de whisky, puis se rappelant l'avoir rangée sur le classeur métallique, elle opta pour un café. Elle devait abandonner ses mauvaises habitudes pour des pratiques plus saines. Elle trouvait que l'alcool aiguisait ses sens plutôt que le contraire, mais ce n'était pas le moment de prendre des risques inutiles.

Marty possédait en tout et pour tout deux T-shirts gris, un pantalon de jogging usé, trois paires de chaussettes sales et deux caleçons d'une propreté douteuse. Son nécessaire de toilette se résumait à un peigne où étaient coincés quelques cheveux bruns, une brosse à dents, un tube de dentifrice entamé et du savon, le tout rangé dans un sachet refermable. Il y avait aussi quatre briquets en plastique, pareils à ceux qu'elle avait trouvés dans le sous-sol, une vieille boîte à tabac contenant un paquet de feuilles à rouler déchiré et une petite quantité de cannabis. Il y avait également ment une plaquette de médicaments : des comprimés blancs jaunâtres en forme de cœur. Probablement les bêta-bloquants.

Lydia examina chaque objet avec tristesse. Elle savait que la tradition familiale des Fox les empêchait d'accepter l'aide gouvernementale. Bien sûr, sa famille s'occupait de lui. Marty avait trouvé un coin où installer son sac de couchage. Peut-être considérait-elle la situation selon ses propres préjugés. Elle était sans doute trop attachée à ses valeurs bourgeoises, aux conventions et imprégnée de la mentalité banlieusarde pour véritablement comprendre la façon de vivre de Marty. Mais elle en doutait.

Un accessoire lui sembla incongru. Un canard jaune avec un bec rouge. Elle n'imaginait pas vraiment Marty se prélasser dans son bain !

Lydia s'en empara. Il était plus doux et souple qu'elle ne l'avait imaginé, rien à voir avec un vulgaire caoutchouc rigide. Elle l'examina sous tous les angles et découvrit une fine encoche à la base du jouet, qui s'élargit quand elle la pressa du doigt. Munie d'une pince à épiler, elle boucha l'évier et introduisit délicatement la pince à l'intérieur. Au bout d'un moment, elle réussit à saisir un objet : un bout de plastique transparent. Elle s'en saisit et parvint à extraire entièrement un petit sachet contenant des pilules.

Si c'était là le trésor caché de Marty, Alex disait vrai. Il ne jouait pas dans la cour des grands. Lydia l'examina à la lumière : les pilules variaient en taille et en couleur. Elle en compta onze. L'une d'elles ressemblait à un comprimé de paracétamol.

Elle appela Fleet.

— J'ai trouvé la cachette de Marty.

— Et ?

— Pas grand-chose. Quelques pilules et un peu de cannabis.

— Tu veux que je les fasse analyser ?

— Franchement, ça ne me paraît pas être une grosse prise.

Lydia transporta le canard et le sachet au salon et les plaça sur le drap, à côté des vêtements.

— Bref, il n'y rien d'excitant. C'est plutôt navrant, même.

— Tu aimerais que je passe te remonter le moral ?

Lydia sourit.

— Pourquoi pas ?

— Et si tu venais chez moi ? J'ai du bon vin et du whisky Talisker. Et des draps fins !

Lydia hésita, cherchant à gagner du temps. Il était de plus en plus difficile de refuser ses invitations et elle ne s'expliquait pas ses réticences. La situation lui échappait, elle devenait trop intime et sérieuse. Une Crow découchant chez un flic. C'était comique !

— Des draps fins ? répéta-t-elle d'un ton léger.

— En coton égyptien. Quatre-vingt mille fils.

— De la bonne qualité ?

— La meilleure. Tu veux essayer ? Tu m'en diras des nouvelles.

— C'est tentant, mais j'ai encore du travail. Peut-être une autre fois.

— Comme tu veux.

Le ton de Fleet était désinvolte, mais trahissait une légère déception, mêlée à une certaine réserve, que Lydia avait remarquée ces derniers temps. *Mince !*

CHAPITRE DIX-HUIT

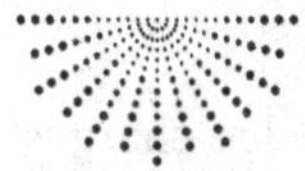

F leet donna rendez-vous à Lydia au *The Hare,* leur pub favori.

— Arrive le plus vite possible. Je suis déjà en route.

— Que se passe-t-il ?

— Je t'expliquerai.

Lydia ressentit une certaine inquiétude. Elle choisit des vêtements propres d'une pile sur le sol : un top noir extensible, un jean ajusté et une chemise à carreaux à manches longues pour ne pas avoir froid (elle se promit de faire une lessive plus tard), et attrapa son blouson en cuir posé sur le dossier du fauteuil.

Le Hare était un lieu apprécié. Simple, mais propre et chaleureux, avec des sièges confortables et des coins intimes, caractéristiques des bars londoniens. Un groupe de femmes en tenue de bureau s'étant approprié leur place habituelle, Lydia se dirigea vers le fond de la salle. Fleet avait déniché une table d'angle et était assis de manière à surveiller les allées et venues. À son arrivée, il se leva et l'embrassa. Deux bières étaient posées devant lui.

— Je peux commander autre chose si tu préfères.

Lydia s'installa à côté de lui.

— Non, c'est parfait, merci. De quoi s'agit-il ?

— Tu n'as pas vu les infos ?

Lydia déguisa difficilement son impatience.

— Non. Alors ?

— Maria Silver a été libérée.

Lydia sentit le sang bourdonner dans ses oreilles. Le temps parut s'arrêter.

— Comment ça ?

— Il semblerait que les charges aient été abandonnées. Elle est sortie ce matin.

— Ce n'est pas possible.

— Si.

Je ne… Lydia s'interrompit, ne sachant quoi dire.

Fleet semblait désemparé.

— Je sais, je suis désolé.

— Mais il s'agit d'un meurtre, pas une simple infraction.

— Si le dossier n'est pas assez solide, par exemple si un témoin se désiste ou s'il y a un vice de forme, le procès peut être annulé. Même dans le cas d'un crime. C'est la raison des nombreux mécanismes de contrôle. Pour éviter ces situations.

— On ne peut pas s'en tirer à cause d'une erreur. Ça dépasse l'entendement.

Fleet prit une gorgée de bière.

— Non, mais si la pièce à conviction essentielle disparaît…

— Les vêtements ?

Fleet hocha la tête.

Lydia avala une grande lampée de sa boisson, regrettant qu'elle ne soit pas plus forte. Elle était sonnée.

— Ce n'est pas fini, dit Fleet. On pourra toujours rouvrir l'affaire.

Lydia savait que le temps était compté pour monter un nouveau dossier contre Maria Silver. Laquelle était au courant de l'enquête de Lydia concernant les décès de

Robert Sharp et de Yas Bishop. Que Paul Fox ait ou non validé ses soupçons sur le rôle qu'elle avait joué dans l'arrestation de Maria, il était probable que cette dernière garde une rancune farouche. Être dans le collimateur de Maria Silver était une chose. Mais être celle qui avait essayé de la faire condamner pour meurtre était bien plus dangereux. Après une nouvelle gorgée de bière, Lydia repoussa résolument son verre.

— Maria veut ma peau.

Lydia pensait que Fleet allait la rassurer, et elle fut curieusement soulagée quand il se contenta d'acquiescer.

— Elle va essayer, en effet.

Le lendemain, avant de partir, Fleet l'embrassa en l'exhortant à la prudence. Il insista sur l'importance d'éviter tout contact avec Maria ou un Silver, et lui conseilla de se reposer. Lydia qui croyait avoir réussi à cacher ses insomnies fut contrariée de découvrir qu'il les avait remarquées. Les Crow n'étaient pas des mauviettes. Bien qu'ayant grandi à l'écart du cercle familial, elle en avait néanmoins assimilé les valeurs fondamentales : les Crow étaient les plus éminents des quatre Familles et se distinguaient par leur force, leur résilience et leur fiabilité. En abandonnant son rôle de patriarche, Henry avait mis cette fidélité à l'épreuve. Pourtant, la loyauté des Crow envers leur lignée restait inébranlable. Lydia n'ignorait pas que la discrétion était de mise, consciente des répercussions de ses choix impulsifs sur ses proches et de la priorité des intérêts de son clan.

Alors qu'elle hésitait entre faire une sieste et commencer sa journée, son téléphone vibra. Un message d'Emma. Lydia l'appela, confortablement allongée dans son lit, savourant ce moment de détente avec sa meilleure amie. Pas de drame ni de magie, une simple conversation normale.

— Salut !

— J'ai appris la nouvelle. Comment te sens-tu ?

— Très bien. Tu n'as aucune raison de t'inquiéter.

— Maria Silver doit t'en vouloir à mort.

— Elle ne tentera rien contre moi. Elle n'est pas si bête.

— La colère pourrait obscurcir son jugement.

— Elle sort de prison. Elle ne prendra pas le risque d'y retourner. Et toi, ça va ? Comment vont les enfants ?

Lydia ferma les yeux et se laissa bercer par la voix d'Emma, savourant cette fenêtre ouverte sur un autre univers. Un monde de goûters, d'uniformes d'écolier et de papier mâché. Archie avait fabriqué une maquette de T-Rex et peinturluré sa sœur en vert pour l'intégrer au paysage.

— Je passerai ce week-end, si tu es libre, proposa Lydia.

— Avec plaisir. Plutôt samedi, car dimanche, on fête l'an-niversaire d'un gamin de 6 ans.

— D'accord pour samedi.

— Tu es sûre que ça va ?

Lydia entendit le bruit de la circulation en arrière-plan, puis une voix fluette. Maisie.

— Dis à Archie et à Maisie-Maise que je viendrai bientôt les voir. Grosses bises à vous tous !

Elle raccrocha et se frotta les yeux. Elle avait envie de pleurer, ce qui la conforta dans l'idée qu'elle avait vraiment besoin de dormir. Tout irait mieux ensuite. Un bruit la mit sur ses gardes. Une sorte de raclement, comme si l'on tentait de forcer la serrure de la porte menant à la terrasse. L'intrus avait sans doute escaladé la façade de l'immeuble, témoi-gnant d'une détermination farouche.

Elle appela discrètement Jason qui surgit aussitôt.

— Qu'y a-t-il ?

— Dehors, murmura Lydia en désignant la terrasse.

Ils attendirent quelques minutes, tendant l'oreille, essayant de décoder chaque son. Une sirène retentit brève-ment, les faisant sursauter. Le silence revenu et l'absence de bruits inquiétants rassurèrent Lydia. Elle enfila un vêtement pour ne pas mettre Jason mal à l'aise. La porte en verre dépoli était fermée à clé. S'il y avait quelqu'un dehors, ils seraient plus en sécurité à l'intérieur. Lydia répondit par un haussement d'épaules au regard interrogateur de Jason. Une bouffée d'air frais l'enveloppa quand il s'approcha, et elle se félicita de s'être rhabillée.

— Je n'entends rien, chuchota-t-il.

Lydia chaussa ses Dr. Martens et déverrouilla la porte.

— Tu crois que c'est prudent ? demanda Jason.

— Les Crow ne se dérobent pas. Et puis nous sommes deux.

Elle attrapa son téléphone et appela les secours en ouvrant la porte avec précaution.

Dehors, l'air saturé d'humidité et le ciel couvert présageaient une nouvelle averse. Malgré ses réticences, Lydia avait fini par utiliser la terrasse. Sans aller jusqu'à installer des jardinières, elle avait disposé des chaises en métal et en osier synthétique, une table de bistrot et une lampe solaire, de la dimension d'un globe, posée à même le sol à côté des pots cassés trouvés à son arrivée. Elle n'avait pas fini de l'aménager, mais elle s'y sentait bien, loin des cauchemars où elle tournoyait dans le vide. Elle progressait à petits pas.

Devançant Jason, elle balaya la terrasse du regard à la recherche d'un éventuel l'intrus. Elle se préparait à affronter un danger, si bien qu'elle n'enregistra pas tout de suite la scène macabre qui s'offrait à elle. Une silhouette sombre se détachait sur la balustrade : un corbeau, les ailes déployées de manière grotesque, la tête pendante comme s'il était crucifié. Elle s'approcha pour examiner les liens en plastique enserrant ses pattes et ses ailes. Une nausée l'envahit, mais elle la refoula. Elle ne détournerait pas le regard. Elle ne pardonnerait pas.

Il était clair que Maria Silver venait de lancer les hostilités.

CHAPITRE DIX-NEUF

Après une nuit agitée, peuplée de cauchemars, Lydia se réveilla les yeux rougis par le manque de sommeil, la tête lourde, comme pressée dans un étau. La veille au soir, elle avait échangé par textos avec Charlie. Il déjeunait au restaurant, fut sa réponse laconique. À l'évidence, il ne s'était pas déplacé pour elle, mais pour ses affaires. Leur mésentente persistait.

Assise à son bureau en débardeur et short pyjama, Lydia s'attaqua à des tâches administratives en avalant un café amer pour se donner un coup de fouet. Peu après, Fleet lui envoya un message avant de l'appeler.

— Quoi de neuf ? demanda-t-elle.

— J'ai creusé l'histoire de la petite amie de Marty. Ça semble crédible. J'ai découvert une certaine Katherine Mason dans nos archives, morte d'une crise cardiaque après avoir consommé de l'ecstasy au cours d'une soirée. Les dates concordent.

Lydia surfa sur Google et tomba sur un article concernant Katy Mason. 17 ans, illustré par une photo de classe. L'article soulignait les dangers de la drogue sans plus de détails sur la jeune fille. Lydia était en train de sauvegarder la photo quand Jason se matérialisa sur le seuil de la cuisine.

— Tu veux du thé ? proposa-t-il.

— Non merci, j'ai déjà ma dose d'excitant.

Jason loucha vers son ordinateur.

— Tu travailles sur quoi ?

Lydia fit pivoter l'écran vers lui.

— J'ai trouvé des infos sur l'ex de Marty Benson.

— C'est triste.

— Ça va toi ?

Jason secoua la tête.

— Pas vraiment.

— Je peux faire quelque chose ?

Il se dandina d'un pied sur l'autre.

— Des nouvelles d'Amy ?

— Je sais que tu traverses une mauvaise passe, dit Lydia, prise de remords. Mais ça va aller, tu verras.

Jason la fixa, l'air inquiet.

— Ne tente rien de stupide, d'accord ? s'écria-t-il. Tu dois faire profil bas et laisser les choses se tasser avec cette Maria.

Elle lui offrit un sourire rassurant, mais Jason n'y crut pas un instant.

— Je suis sérieux. J'ai besoin de toi en un seul morceau. Tu saisis ?

UNE FOIS JASON REPARTI DANS SA CHAMBRE, LYDIA FUT incapable de se remettre au travail. Elle enfila un jean à peu près propre et le sweat à capuche oublié par Fleet, et descendit au rez-de-chaussée. Elle trouva Charlie attablé devant un plat de lasagnes. Derrière le comptoir, Angel disposait sur des assiettes des gâteaux tout juste sortis du four. Le serveur, reconnaissable à son catogan qu'il desserrait après le service, s'occupait d'une table voisine.

Lydia s'installa en face de son oncle.

— Nous avons un problème.

— Tiens, il y a un « nous », maintenant ? ironisa Charlie sans lever les yeux de son assiette.

Lydia, qui se demandait s'il lui en voulait toujours après son refus d'utiliser son sixième sens pour l'aider lors de ses réunions d'affaires, eut confirmation.

— Tu as dit que nous devions nous serrer les coudes.

— Comme c'est commode, répliqua-t-il entre deux bouchées.

— Maria est libre.

— Je suis au courant.

— La procédure a été abandonnée. Il y a eu un non-lieu.

Le serveur s'approcha de leur table.

— Avez-vous choisi ? demanda-t-il à Lydia, l'air renfrogné.

Lydia devina qu'Angel l'avait envoyé, alors qu'on était censé commander au comptoir.

— Non, merci, répondit Charlie d'un ton sec.

Le garçon battit précipitamment en retraite.

Pendant que son oncle terminait son repas, Lydia s'enfonça dans son siège, retroussa les manches de son sweat trop grand et joua machinalement avec sa pièce de monnaie. Charlie voulait montrer son autorité. C'était le b.a.-ba de la politique familiale, et cela ne la dérangeait pas outre mesure.

Son oncle croisa les bras, se pencha en avant et la fixa intensément.

— En quoi cela te regarde-t-il ?

— À propos de Maria ?

— Je croyais que tu n'avais rien à voir avec son arrestation.

Lydia empocha sa pièce, sortit son téléphone, chercha la photo qu'elle avait prise et tendit l'appareil à son oncle.

— On m'a envoyé un message.

Charlie y jeta un regard. Quand il releva la tête, ses yeux

flamboyaient de colère et ses tatouages ondulaient dange-
reusement sur ses bras.

— Ça date de quand ?

— La nuit dernière. J'ai entendu du bruit, mais je n'ai pas
réussi à les surprendre.

— Il fallait être plus rapide.

— Je sais.

Charlie se redressa et planta son regard dans celui de sa
nièce pour la première fois depuis son arrivée.

— Les Silver ?

— Je n'ai pas senti leur présence quand j'ai enlevé le
corbeau.

Lydia revit mentalement la scène. Elle avait enfilé une
paire de gants fournis par Fleet et découpé les liens avec des
ciseaux de cuisine. D'abord tentée d'enterrer l'oiseau, elle
l'avait finalement placé dans un sac en plastique, puis au
congélateur. C'était une pièce à conviction. Elle s'était
consolée en se disant que les corbeaux ne se souciaient pas
de leurs morts, qu'ils abandonnaient aux charognards. La
réaction d'Angel en découvrant l'usage inattendu de son
congélateur la préoccupait davantage, mais le sien étant trop
petit, elle n'avait pas eu le choix.

Elle songea aux Silver. Ils avaient une bonne raison de lui
en vouloir. Auraient-ils envoyé quelqu'un pour faire le sale
boulot à leur place ? Elle repensa à Milo Easen, l'assistant
dévoué de Maria Silver. Jusqu'où irait-il pour contenter sa
patronne ?

— Il faut que tu me parles de l'affaire Maria Silver, dit
Charlie.

Lydia s'exécuta. Quand elle eut fini, les tatouages de son
oncle avaient changé de forme, preuve qu'il était toujours
très ébranlé.

— Tu n'aurais pas dû faire ça.

— Pourquoi ?

Charlie la fixait de son regard carnassier.

— Les Silver sont nos alliés.

— Je croyais qu'on ne pouvait se fier à personne.

— Ne fais pas ta maligne. Si les Pearl et les Fox s'unissaient, nous serions dans de beaux draps.

— Les Fox ne sont amis avec personne. Et les Pearl sont divisés.

Lydia avait conscience d'embellir la vérité. C'était vrai autrefois, dans les années soixante, après des querelles intestines qui avaient entraîné la désintégration de leur famille, mais les Pearl avaient su rebondir et ouvert une épicerie à Camberwell. Ils avaient des ressources. Mais quelle étaient leurs véritables intentions ? La nouvelle génération Pearl avait-elle tiré un trait sur le passé ?

— Les Pearl gardent leurs distances, non ?

Charlie secoua la tête.

— Peut-être. Mais ça a pu changer. Laisse-moi régler ça avec Alejandro.

— Tu crois que c'est une bonne idée ?

— Il sera raisonnable.

Lydia aurait voulu être rassurée, mais elle se souvint de la coupe en argent des Silver qu'elle avait aperçue dans le bureau d'Alejandro, un objet historique qui aurait dû être conservé au British Museum avec les autres biens de la famille, selon les termes de l'accord conclu entre les Familles dans les années quarante.

— Fais attention à la coupe ! prévint-elle.

— Je connais Alejandro depuis longtemps. On trouvera un terrain d'entente.

Lydia en doutait. Malgré l'affection que lui portait son oncle, jusqu'où irait-il pour protéger les intérêts de la famille ? Qu'était-il prêt à sacrifier en échange ?

CHAPITRE VINGT

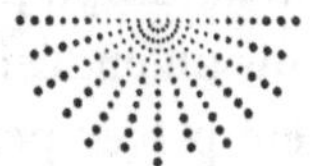

Ayant promis à oncle Charlie, à Jason et à Fleet de ne pas commettre d'imprudences, Lydia chargea quelques provisions dans son tas de ferraille et se rendit au domicile de Maria Silver pour une surveillance discrète. La plupart des enquêteurs maudissaient ces heures de planque interminables, mais il n'y avait pas mieux quand on était motivé. Depuis l'incident du corbeau mort, elle enrageait. Observer avec ses puissantes jumelles Maria se déplacer dans sa cuisine ultramoderne en grignotant des olives avec un verre de vin blanc réussit à la calmer. C'était sa façon d'agir, de riposter. Elle n'était plus une victime, menacée par cette femme et son petit cadeau, mais elle reprenait le contrôle, du moins professionnellement.

Après avoir fini son apéritif, Maria répondit à un appel et se mit à déambuler dans la pièce. Et pendant que Lydia se bourrait de Coca et de cacahuètes pour se tenir éveillée, Maria passait une heure devant la télévision.

Quand elle monta se coucher, Lydia rentra chez elle pour quelques heures de sommeil, ayant réglé son réveil sur 4 heures.

Le jour suivant, elle était de retour et regarda Maria

siroter son café avant de partir travailler. S'attendant à la voir se diriger vers le métro, elle fut surprise quand une limousine noire s'arrêta devant la porte. Maria Silver avait un chauffeur, ou était-elle abonnée à un service VTC de luxe ?

Pour une femme fraîchement sortie de prison et disposant de ses ressources, on aurait pu penser qu'elle aurait pris des vacances au soleil dans un endroit somptueux et savouré tout ce dont elle avait été privée pendant sa détention. Au lieu de quoi, Maria pénétra dans les bureaux de Silver & Silver au pas de charge à 8 heures du matin, une mallette en cuir à la main. Après l'avoir filée dans les embouteillages londoniens, Lydia était à bout. Elle se gara dans un parking hors de prix, espérant ne rien manquer d'important.

Installée dans un café offrant une vue imprenable sur l'entrée des bureaux, Lydia travailla sur son ordinateur (elle en profita pour mettre à jour sa comptabilité), tout en gardant un œil distrait sur l'immeuble d'en face. Maria ne bougea pas de la journée et, le soir venu, elle repartit directement chez elle. Du moins, Lydia le présumait-elle, car le temps de récupérer son véhicule, elle avait perdu la trace de sa cible.

Elle stationna en face de l'imposante villa blanche et se prépara à une nouvelle attente. Elle dîna d'un sandwich et d'une pomme qu'elle fit passer avec un thermos de thé tiède en regardant Maria potasser des documents dans sa cuisine.

Le lendemain s'avéra aussi monotone. Le souvenir du corbeau mort la poussait à persévérer malgré sa colère. Elle vit Maria se lever et se servir un verre de vin qu'elle posa sur le comptoir avant de remettre la bouteille au frigo. Lydia s'étira, faisant craquer sa nuque et sa colonne vertébrale. Elle avait décidé d'attendre encore une heure quand une voiture grise s'arrêta devant la maison. Un homme en sortit. Lydia le mitrailla avec son téléobjectif pendant qu'il sonnait à la porte. De taille moyenne, mince, les cheveux courts et foncés, il lui était totalement inconnu. Elle photographia la plaque d'immatriculation, notant le numéro par prudence.

Maria ouvrit la porte. Le type lui tendit une enveloppe matelassée marron clair, plus petite qu'un format A4 standard. Ils échangèrent quelques mots, puis l'homme regagna sa voiture. Lydia était tiraillée entre suivre le mystérieux coursier et surveiller Maria. Mais l'idée de la regarder siroter du vin devant la télévision pendant des heures n'ayant rien d'excitant, elle choisit la première option et s'engagea dans la circulation, veillant à maintenir une prudente distance.

C'était ridicule et risqué. Ayant relevé le numéro de la plaque, elle aurait pu retourner à son bureau et obtenir les coordonnées du propriétaire auprès de la DVLA. Naviguer dans les bouchons était périlleux et elle risquait de le perdre de vue, sans parler de la perte de temps, étant donné qu'il avait probablement d'autres livraisons à effectuer.

Il se dirigea vers la City, Lydia sur ses talons, ressassant ses doutes pendant tout le trajet. Il emprunta Chancery Lane et s'arrêta sur une ligne jaune, près de Chichester Rents. Autrefois pittoresque, la ruelle était aujourd'hui bordée d'immeubles de bureaux en verre, y compris l'impénétrable JRB. L'homme descendit de la voiture et s'éloigna. Lydia se gara un peu plus loin et décida de le suivre à pied, espérant qu'il n'avait pas été formé à repérer une filature. À Londres, les citadins étaient généralement indifférents à leur environnement et préféraient vivre dans l'anonymat. « Ne rien voir, ne rien savoir, ne rien dire », telle était leur devise.

Priant le ciel pour ne pas écoper d'une contravention, elle rebroussa chemin et vit le coursier patienter devant l'immeuble, qu'elle connaissait depuis de son enquête sur les dirigeants de JRB. Quelques instants plus tard, il disparut à l'intérieur. Elle était trop loin pour distinguer si on lui avait ouvert la porte.

Quand il revint peu après, Lydia le serra de près en se tordant le cou pour voir s'il repartait avec un paquet ou un pli.

— Bonsoir !

— Oui ? fit Lydia sur ses gardes, méfiance qu'elle aurait adoptée envers n'importe qui l'apostrophant dans la rue.

— Vous me suivez ?

Lydia hésita, puis décida d'aller droit au but.

— Vous êtes coursier ?

Il acquiesça, dans l'expectative.

— Vous livrez souvent à cette adresse ?

Il la fixait sans répondre.

— Comment vous appelez-vous ?

Il sourit avec une petite révérence ironique.

— Dmitri… à votre service.

— Vous êtes Russe ?

Avec son visage ouvert et juvénile, on lui donnait à peine plus d'une vingtaine d'années.

— Oui, et alors ? Pensez-vous que nous sommes tous des espions ou des criminels ?

— La dernière fois que j'ai rencontré un Russe, c'était un tueur à gages. Il a essayé de me pousser du toit.

Le jeune homme parut se détendre.

— Si une pomme est pourrie, est-ce que vous jetez toute la tarte ?

— La tarte ?

— Oui, la tarte aux pommes. Vous les Anglais, vous en raffolez.

— Vous confondez avec les Américains.

— Non, vous savez, ce dessert avec des pommes cuites et la garniture. On en avait au pensionnat, avec le cricket et les punitions.

— Vous voulez parler du crumble ?

— C'est ça ! Le crumble aux pommes. Avec de la crème anglaise.

— Oui, mais moi, je n'ai jamais été interne.

— Je rêve d'un gâteau maintenant, poursuivit Dmitri, l'air gourmand. Vous aimez les sucreries vous aussi ? Il y a une merveilleuse pâtisserie à Soho. Une vraie tuerie.

Lydia interrompit son flot de paroles.

— Vous travaillez pour JRB ?

Dmitri secoua la tête.

— Non, pourquoi ?

— Vous étiez au siège social.

— Ah oui ?

Lydia essaya une autre tactique.

— Comment connaissez-vous Maria Silver ?

— Je lui ai juste livré un paquet. Vous devez le savoir, puisque vous nous avez surveillés.

Lydia s'efforça de garder son calme.

— Qui vous a engagé ? Et que faites-vous au juste ?

Nouveau sourire.

— Je bricole. Je suis à mon compte.

— Des petits boulots ? Comme quoi par exemple ?

Il haussa les épaules.

— Monter des meubles, peindre, conduire une camionnette, jardiner… tout ce dont vous pourriez avoir besoin. Je suis très doué.

— Pourquoi Maria Silver vous a-t-elle contacté ?

— Ce n'est pas elle. Quelqu'un de la société Phoenix Logistics m'a payé pour livrer un colis chez elle. En mains propres.

— Et il y avait quoi dans ce colis ?

Il lui jeta un regard appuyé.

— Aucune idée. Ce n'est pas mon affaire. Je réceptionne le paquet et je le livre, un point c'est tout.

— Vous pourriez assurer une livraison pour moi ? Vous n'avez pas d'engagement fixe ?

— Je travaille en free-lance. Je suis indépendant.

— Parfait. Puis-je avoir vos coordonnées ? J'en aurais peut-être besoin, on ne sait jamais.

Le sourire de Dmitri s'élargit.

— Donnez-moi plutôt les vôtres.

Elle lui tendit sa carte professionnelle et un stylo.

— Tenez.

Il sortit son portable, enregistra le numéro inscrit sur le bristol avant de l'appeler.

Le téléphone de Lydia sonna.

— C'est fait, dit-il.

Elle hocha la tête et attendit qu'il remonte en voiture avant de démarrer. Il klaxonna en la saluant, laissant Lydia perplexe avec le sentiment d'être face à un univers inconnu.

Elle retourna à l'emplacement où elle avait garé sa voiture ; celle-ci avait disparu. Elle était certaine qu'elle n'avait pas été enlevée pendant son absence, mais peut-être avait-elle récolté une amende. Était-ce une plaisanterie de mauvais goût ou un avertissement ?

L'esprit en ébullition, elle était partagée entre la colère, la peur et la curiosité devant ce nouveau mystère. Était-ce une simple malchance ? Une vengeance du conseil local ? Un message de JRB, des Silver ou de la police ? Elle consulta TRACE – le site des véhicules à la fourrière – mais le sien n'y figurait pas. Son auto n'avait pas été embarquée par les forces de l'ordre.

Elle explora les rues adjacentes, espérant qu'on l'avait simplement déplacée pour lui faire une blague. Sa voiture ne valait pas un clou, mais les jumelles dans la boîte à gants lui avaient coûté une fortune.

Elle appela Paul, qui décrocha après deux sonneries.

— Ça va ? demanda-t-il d'une voix préoccupée.

— J'avance.

— Tu as de bonnes nouvelles ?

— Ça dépend. Marty se croyait maudit. Il pensait qu'un malheur le guettait, qu'il mourrait jeune, qu'il serait une victime ou ne méritait pas d'être heureux. Je ne sais pas au juste. La perte de sa petite amie d'une overdose, il y a quelques années, l'a profondément marqué.

— Tu veux dire qu'il s'est suicidé ?

— Non. Il est mort d'un infarctus foudroyant déclenché par un tiers.

— Sans blague ?

— Il avait le cœur fragile à cause de ses excès.

— Les amphètes ?

— Et la coke, entre autres.

Lydia perçut un brouhaha de voix.

— Ne quitte pas, dit Paul. (Elle l'imagina couvrant le micro de sa main.) Qui aurait voulu sa mort ? reprit-il au bout d'un moment.

— Aucune idée. Je n'ai senti que les Fox dans le tunnel.

Paul garda le silence.

— Mais ça n'exclut pas un tas d'autres possibilités, ajouta-t-elle.

Le bruit en arrière-plan s'intensifia.

— Je dois te laisser, dit Paul.

Lydia fut presque déçue qu'il ne l'ait pas appelée par son surnom habituel « petit oiseau » avant de raccrocher.

CHAPITRE VINGT-ET-UN

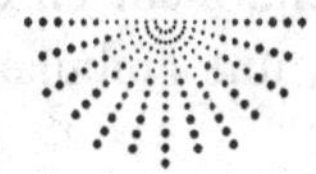

Le ciel éclairé par les lumières de la ville était d'un bleu poussiéreux. Lydia déambulait dans le quartier depuis une bonne heure sans avoir réussi à localiser sa voiture. Elle marchait, absorbée dans ses pensées, et commençait à avoir soif. La journée avait été longue et elle rêvait d'un whisky. Elle s'arrêta devant une vitrine exposant une alléchante sélection de spiritueux disposés avec art au milieu de feuillages et de fûts de chêne, suggérant un coût probablement exorbitant.

— Ça fait longtemps, déclara une voix familière dans son dos.

Lydia sentit ses cheveux se dresser sur sa tête. Une subtile odeur métallique, qu'elle aurait dû remarquer, flottait dans l'air. Elle se retourna vers Maria Silver en maudissant sa distraction.

— On vous a aperçue à Holborn, poursuivit celle-ci. Pas très discret.

Maria était impeccablement habillée : pantalon sombre bien coupé, chemisier en soie gris clair à col échancré et élégantes bottes à hauts talons. Sa peau lumineuse et ses cheveux savamment ondulés retombaient joliment sur ses épaules. La prison semblait lui avoir réussi ou alors elle savait se maquiller d'une main habile. À moins qu'elle ne soit dotée d'une bonne génétique ?

— Vous avez l'air en forme, dit Lydia. Mais c'est une mauvaise idée. La vengeance n'est pas une solution.

Elle jeta des regards éperdus autour d'elle, se demandant si des passants interviendraient en cas de danger. Aucune chance. Qui appellerait une ambulance si elle se vidait de son sang sur le trottoir ?

Maria sourit, comme si elle lisait dans ses pensées.

— Je ne vais pas vous tuer, déclara-t-elle.

— Peut-être pas ici, sauf si vous avez envie de retourner en prison, répliqua Lydia en cherchant des yeux une arme de fortune.

Le regard de Maria se durcit. Lydia comprit qu'elle n'avait réussi qu'à envenimer la situation.

Maria avança d'un pas et Lydia s'obligea à ne pas reculer.

— Mais je compte bien vous détruire

Lydia écarta les mains dans un geste de conciliation.

— Si vous me faites du mal, votre père voudra savoir pourquoi et vous devrez avouer que vous vous êtes fourvoyée. Tuer Yas avait pour but de protéger un secret. À moins que tout ne soit clair entre vous deux à présent ? C'est pardonné ? Moi qui croyais que l'échec n'était pas de mise chez les Silver.

Maria ne souriait pas, mais une sorte d'excitation se lisait dans ses yeux.

— Mon père ne sera pas toujours le chef de la famille, répliqua-t-elle. Comme le vôtre, d'ailleurs. Les anciens s'en iront un jour. J'ai tout mon temps.

Ce n'était guère encourageant. Lydia n'était pas une féministe convaincue, mais l'idée que Maria avec son tempérament impitoyable se retrouve à la tête des Silver lui fit froid dans le dos.

— Je n'ai pas l'ambition de diriger les Crow, plaida-t-elle. Je suis une simple détective privée.

— Une détective privée qui fourre son nez partout. Et une menteuse. La fille d'Henry Crow.

Maria jeta un regard en coin et Lydia s'aperçut, une seconde trop tard, qu'il y avait quelqu'un derrière elle. Des mains l'agrippèrent et l'attirèrent contre un mur de muscles. Elle se débattit comme un beau diable pour se libérer. En vain. Elle sentit la peur la submerger et essaya de l'amadouer. Elle se trouvait dans un lieu public. Une rue très fréquentée. Maria cherchait à l'effrayer, rien de plus. Elle comprit qu'on la tirait vers la chaussée et entrevit, stationnée non loin, une camionnette blanche dont les portes arrière étaient grandes ouvertes. Maria avait tout planifié. Elle avait prévu de la transporter dans un endroit tranquille où elle pourrait prendre sa revanche à loisir.

C'était très mauvais signe. Lydia, en mode survie, concentra tous ses sens tandis que la peur continuait à l'envahir. Un claquement de bec et de plumes se mêlèrent à ses sensations. Ses pieds ne touchaient plus le sol, le géant l'avait soulevée aussi facilement qu'une enfant. Elle se défendit avec vigueur, entendant avec satisfaction un cri de douleur chaque fois qu'elle atteignait sa cible.

Le temps s'écoulait bizarrement ; tout devenait plus net, plus distinct. L'arrière de la camionnette se dressait devant elle et le bruit de la circulation était assourdissant. Quelqu'un avait sûrement remarqué qu'elle était victime d'un enlèvement et allait appeler la police, se dit-elle pour se rassurer.

Elle sentit qu'on la propulsait à l'intérieur du véhicule. Elle banda ses muscles, jambes raidies, prête à se cramponner à l'encadrement de la porte pour repousser son ravisseur. Peut-être qu'avec assez d'élan, elle parviendrait à déstabiliser ce colosse. On la relâcha avant qu'elle n'ait eu le temps d'exécuter son plan. Elle retomba sur ses pieds et, trébuchant, s'éloigna au plus vite des portes de l'enfer. Elle distingua l'homme qui l'avait malmenée. Un géant aux cheveux blonds clairsemés, le visage brûlé par le soleil. Il observait d'un œil méfiant plusieurs individus, des Fox à en croire leur ressemblance avec Paul. Maria n'était visible nulle part.

— Fiche le camp, entendit-elle l'un des frères ordonner au colosse.

À sa grande surprise, il obéit aussitôt. Il ferma les portes arrière de la fourgonnette, se précipita vers l'avant et démarra. C'était impressionnant. Lydia prit plusieurs respirations profondes, mais l'adrénaline et la peur l'avaient épuisée. Elle n'était pas prête à affronter ce qui allait suivre. Elle n'eut pas le temps de remercier les frères Fox ni de leur demander par quel heureux hasard ils se trouvaient là, quand elle reçut un violent coup sur la tempe. Elle s'effondra. Un visage inconnu lui apparut : une femme, furieuse.

— Ne vous mêlez plus jamais de nos affaires, vociféra-t-elle avant de lui assener une volée sur le flanc et dans l'estomac.

Lydia se recroquevilla sur elle-même pour se protéger. Grave erreur car le dernier coup s'abattit sur sa tête. La douleur explosa dans son crâne, puis tout devint silencieux.

— Ça va, jeune fille ? demanda une voix.

Lydia reprit ses esprits. Son cerveau se remit à fonctionner normalement. Il y eut une explosion de musique au passage d'une voiture et elle perçut des bruits de pas sur le trottoir. Elle était étendue par terre. C'était inconfortable, mais au moins, on ne la rouait plus de coups, ce qui était une bonne chose. Elle avait perdu connaissance et se sentait nauséeuse. Elle avait mal partout. L'odeur du bitume, mêlée à des relents de détritus, d'urine et de restes de nourriture avariée lui monta aux narines.

— Voulez-vous que j'appelle une ambulance ?

La voix appartenait à un homme d'une soixantaine d'années. Il avait de petites rides autour des yeux, signe qu'il souriait souvent. Bien sûr, ce n'était pas toujours de bon augure. Peut-être se réjouissait-il du malheur des autres. L'humour n'était pas forcément un gage de bonté. Lydia s'égarait. Elle avait passé un sale quart d'heure et ne voulait plus y penser. Elle devait répondre au monsieur sympathique, peut-être un peu timbré avec son T-shirt Adidas, qui cherchait à l'aider.

— Non, ça ira, articula-t-elle avec peine.

L'homme lui offrit une bouteille d'eau tiède. Lydia se redressa péniblement. Elle crut entendre des battements d'ailes, mais songea que ses oreilles bourdonnaient à cause des coups qu'elle avait reçus. Heureusement, le monde n'était pas dénué de bonté et il existait toujours un bon Samaritain quelque part. Des passants avaient sans doute regardé ailleurs pendant qu'on la tabassait, ou pire, ils l'avaient contournée quand elle gisait inconsciente par terre. Mais mieux valait s'attacher au côté positif : elle était en vie et c'était tout ce qui comptait.

— Vous êtes sûre ? insista l'homme.

Il jeta un coup d'œil autour de lui, hésitant sur la conduite à tenir.

— Un taxi peut-être ? suggéra-t-il.

— Non merci, monsieur. Je vais prévenir mon oncle.

Qu'est-ce qu'il lui prenait ? Elle devait être plus mal en point qu'elle ne le pensait.

— Je ne sais pas, dit l'inconnu. Je ne crois pas…

Lydia ferma les yeux et observa les lueurs qui vacillaient sous ses paupières. C'était moins douloureux que la lumière réelle. Il était temps de réagir. Elle se secoua et vit son ange gardien héler une voiture.

— Vous avez de l'argent, jeune fille ?

— Je crois que oui.

Il lui tendit un billet de vingt livres et l'aida à monter à bord du véhicule.

— Prenez bien soin de vous. D'accord ?

— Merci, bafouilla-t-elle, au bord des larmes. Je vous rembourserai si vous me donnez votre adresse.

— Pas la peine. Vous aiderez quelqu'un d'autre un jour. Le karma, vous savez ?

Il tapota le toit du taxi et disparut dans la foule.

— Où allez-vous ? demanda le chauffeur avec un regard méfiant, comme s'il craignait qu'elle ne vomisse sur la banquette.

Une fois à l'abri dans le taxi, Lydia préféra éviter tout conflit. À sa grande surprise, elle s'entendit donner l'adresse de Fleet.

CHAPITRE VINGT-DEUX

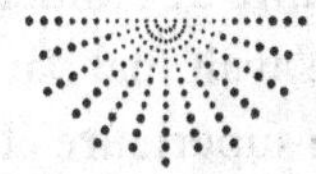

Après avoir prononcé ces mots, Lydia comprit leur signification profonde. Elle ne pouvait pas se rendre dans un lieu familier. Tant qu'elle ignorait l'identité et les motivations de son agresseur, elle devait se mettre à l'abri. Se fiant à son instinct, elle appela Fleet pour lui demander si elle pouvait utiliser sa salle de bains.

— Que s'est-il passé ?

— Rien de grave. Une simple bagarre. Je suis un peu secouée et je préfère ne pas retourner chez moi.

— Tu as toujours mes clés ? demanda-t-il d'une voix apaisante.

Lydia fouilla son sac à dos et trouva les clés de Fleet accrochées à son trousseau. Il avait dû lui donner un double à un moment ou à un autre.

— Oui, mais...

— Pas maintenant, ma douce. Vas-y. J'arrive dès que possible.

Il lui communiqua le code d'entrée et raccrocha.

Fleet habitait au cinquième étage d'un immeuble récent surplombant Camberwell Green. Il comportait six étages et paraissait en parfait état. Des balcons s'ouvraient sur la rue et l'escalier était impeccable. C'était une construction de haut standing, chaque appartement valant cinq cent mille livres, une fortune. D'ordinaire, Lydia préférait emprunter les escaliers, mais là, elle était trop épuisée. Elle prit l'ascenseur en se demandant comment Fleet pouvait s'offrir un tel luxe avec son salaire de flic, même s'il était inspecteur et bénéficiait d'une indemnité de résidence.

Sa tête l'élançait, elle avait mal partout et un goût de sang dans la bouche. Sa lèvre supérieure était enflée et elle n'avait pas besoin de se regarder dans la glace pour savoir qu'un œil au beurre noir se formait. Après s'être assurée que le palier était désert, elle déverrouilla la porte et entra d'un pas chancelant.

Un vestibule étroit s'ouvrait sur une pièce spacieuse. Lydia se figea, stupéfaite. C'était l'intérieur le plus ordonné qu'elle ait jamais vu. Que Fleet accepte de dormir chez elle, où régnait un fouillis indescriptible, était un mystère.

L'intérieur était décoré avec goût sans être surchargé d'objets hétéroclites. Tout était soigneusement choisi, des meubles industriels en métal et en bois jusqu'aux placards au design épuré de la cuisine, sans oublier les photographies artistiquement disposées. Un message de Fleet s'afficha : « Fais comme chez toi. Les serviettes se trouvent dans l'entrée. »

Heureuse de cette distraction, elle explora l'appartement. La chambre aux tons neutres possédait une salle d'eau attenante. Une toile originale représentant un paysage était accrochée au-dessus du lit. Les vêtements de Fleet — des vestons, des chemises impeccablement repassées, suspendues par couleur, des pulls et des T-shirts pliés avec une précision militaire — garnissaient les étagères. S'il décidait un jour de quitter la police, il pourrait facilement se reconvertir chez Gap. Lydia effleura la manche d'une veste anthracite. Le placard sentait la lessive et une eau de

Cologne boisée et citronnée, complétée avec des notes marines.

Après une bonne douche, elle s'enveloppa dans une immense serviette et inspecta l'armoire de la salle de bains, prétextant chercher l'après-rasage de Fleet pour un cadeau de Noël. Mais au fond d'elle-même, elle savait qu'elle était simplement curieuse.

Le meuble renfermait les produits habituels : dentifrice, savon emballé, fil dentaire et paracétamol. Lydia avala deux comprimés et retourna dans le séjour. Les placards de la cuisine étaient aussi nets que le plan de travail. Elle découvrit que Fleet n'était pas un grand cuisiner. Sur ce point, ils se ressemblaient. Elle trouva du whisky et se servit le fond d'un verre. La douleur s'intensifiait à mesure que l'adrénaline s'estompait.

Elle s'affala sur le canapé, les yeux clos, prenant de petites respirations prudents pour gérer la douleur. Elle s'en remettrait. Tout irait bien.

Elle avait dû s'assoupir ou sombrer dans une sorte de torpeur, car elle sursauta en entendant la porte s'ouvrir. Elle bondit sur ses pieds, ne voulant pas être surprise vautrée sur le canapé, telle une invalide.

— C'est moi ! claironna Fleet d'une voix faussement joviale en entrant dans le salon. Tu as déjà inspecté mes placards ?

Son sourire s'effaça quand il la vit.

— Mon Dieu, Lydia ! Que t'est-il arrivé ?

— Tout est si bien organisé chez toi. Comment fais-tu ?

— Je range mes affaires, répondit-il machinalement. Tu es blessée ?

Lydia se raidit quand il s'approcha. Elle lut l'angoisse dans ses yeux.

Il s'immobilisa, les mains dans les poches de sa veste.

— Je fais le ménage deux fois par semaine. Ça détend.

La douleur irradiait à chacun de ses mouvements, elle avait du mal à respirer. Le regard qu'il posait sur elle la rendait soudain consciente de la réalité, déclenchant une sorte de panique.

— Personnellement, je trouve ça barbant.

— Ça ne m'étonne pas de toi. Un passage aux urgences s'impose, tu ne penses pas ?

— Pas la peine. Mais revenons au ménage. Est-ce que tu me traiterais de négligée, par hasard ?

Il secoua la tête, la mine grave.

— Tu cherches à détourner la conversation. Arrête de te défiler et dis-moi ce qu'il s'est passé.

Lydia, qui n'en avait aucune intention, laissa tomber sa serviette.

Fleet émit un hoquet de surprise et se mit à palper son corps avec une précision toute médicale.

— Tu dois aller à l'hôpital. Je suis sérieux, il faut te faire examiner.

Lydia réprima un gémissement quand il effleura les ecchymoses qui marbraient ses côtes. Malgré sa résistance à la douleur (elle avait joué une mi-temps de football au lycée avec une clavicule cassée), elle avait l'impression d'être une plaie à vif.

— Je vais bien, protesta-t-elle.

Fleet la regarda en face.

— On ne dirait pas. Je vais m'occuper de toi, si tu permets.

Lydia ferma brièvement les yeux.

— J'aimerais redevenir moi-même et ne plus avoir peur.

Après une telle franchise, elle n'osait plus rouvrir les yeux, incapable de supporter son regard inquiet.

Sa main sur sa nuque la berçait, puis la fit basculer en arrière. Ses lèvres se posèrent sur les siennes. Elle répondit avec ferveur, s'abandonnant aux sensations avec un soulagement empreint de gratitude.

— Je risque de te faire mal, murmura Fleet tout contre sa bouche.

Elle l'attira contre elle, désireuse d'éprouver les bonnes émotions et de refouler les mauvaises.

Faire l'amour avec un grand policier musclé malgré ses multiples blessures demandait à Lydia une grande concentration, et une certaine agilité de la part de Fleet. Par chance, il excellait dans ce domaine et Lydia constata que, même si elle souffrait encore dans sa chair, elle était au moins trente pour cent plus détendue après coup. Malheureusement, Fleet était tenace. Étendu à ses côtés dans sa glorieuse nudité, il posa une main sur sa joue pour tourner son visage vers lui.

— Soit tu me racontes tout en détail, soit je t'arrête et je te conduis à l'hôpital en passant par le commissariat. À toi de voir, Lyds.

— Tu ne peux pas m'arrêter comme ça !

— Chiche !

À son regard sérieux, Lydia comprit qu'il ne plaisantait pas.

Elle prit une profonde inspiration.

— J'ai été agressée. C'est assez humiliant.

— Absolument pas. C'est un crime. Et tu n'y es pour rien, n'est-ce pas ?

— On ne doit pas rejeter la faute sur la victime. Tu as dû l'apprendre pendant ta formation, non ?

— Je ne voulais pas aller trop vite en besogne. Et je pensais que tu détestais le mot « victime ».

Lydia imita un pistolet avec ses doigts et le pointa.

— Tu as raison.

— Et alors ?

Résignée, elle lui raconta sa rencontre avec Maria et son acolyte brûlé par le soleil.

Fleet se redressa. Son teint avait viré au gris cendre.

— Il allait te forcer à monter dans une camionnette ? C'est très grave. Je dois le signaler.

— Ça ne servira à rien.

Fleet attrapa son téléphone et le serra dans son poing fermé, la colère se substituant à la panique. Lydia comprit que, la frayeur passée, il avait besoin de se défouler.

— Comment as-tu réussi à échapper à ton kidnappeur ?

Ce mot donna froid dans le dos à Lydia.

— Les frères Fox sont intervenus.

— Je ne comprends pas. Ils t'ont tirée d'affaire ?

Lydia bâilla et s'étira avec précaution.

— Pas exactement. Ils m'ont passée à tabac. Je devrais probablement les remercier.

— Je vais les tuer.

— C'est bon. Ce n'était qu'un avertissement. Ça aurait pu être pire.

Fleet secoua la tête.

— Pas la peine de jouer les dures à cuire avec moi.

— Si je me laisse aller, je vais m'effondrer, je t'assure.

Apparemment convaincu de sa sincérité, il se pencha et l'embrassa.

— On en reparlera demain. Essaie de dormir maintenant.

Lydia acquiesça. Elle avala deux analgésiques et sombra dans l'inconscience.

LE RÉVEIL FUT MOINS DOULOUREUX QU'ELLE NE L'AVAIT craint. Fleet s'était levé pendant la nuit pour déposer deux autres cachets et un verre d'eau à son chevet. Le matelas était très confortable et les draps délicieusement frais. Et pour couronner le tout, Fleet était assis dans son lit étudiant des dossiers, l'air à la fois studieux et incroyablement sexy. Elle devait admettre qu'elle trouvait sa présence réconfortante, ce qu'elle l'attribua à une faiblesse momentanée.

Il remarqua qu'elle était réveillée.

— Bonjour !

Lydia tenta de se redresser et ressentit une vive douleur sur le côté gauche. Sans doute une côte fêlée ; autrement, elle se sentait assez bien. Elle reprit deux cachets, releva son T-shirt et inspecta les impressionnantes ecchymoses noires et violettes dues aux bottes des frères Fox. À part une côte abîmée, ils n'avaient pas causé de dégâts majeurs et ne lui avaient pas cassé le nez. Elle envisagea deux possibilités : elle était dotée d'une résistance physique hors norme ou de capacités de guérison exceptionnelles. Plus vraisemblablement, ils avaient voulu l'intimider sans la blesser gravement, et ils possédaient les compétences pour le faire.

Une question demeurait en suspens : quelle part avait pris Paul Fox dans sa mésaventure ? Ses frères avaient-ils agi de leur propre initiative ? Lydia penchait pour cette hypothèse. Une même famille ne pensait pas forcément de la même manière. Oncle Charlie et elle-même en étaient la parfaite illustration.

Elle s'aperçut que Fleet avait délaissé ses papiers et la dévisageait avec insistance.

— Tu devrais vraiment te faire examiner.

— Ce n'est pas aussi terrible que ça en a l'air. Ma peau marque facilement.

— Je ne comprends pas à quel jeu tu joues.

— Je t'assure que je n'ai presque plus mal, mentit-elle.

Fleet changea d'approche.

— Tu vas me dire ce qu'il s'est passé ?

— C'est déjà fait. En attendant, j'ai une envie folle d'un café.

— Je vais préparer du thé. Quand tu m'auras tout raconté.

— Tu ne lâches rien, hein ? Ça me plaît bien.

— Je suis sérieux, Lydia.

— D'accord pour le thé. Après, je t'expliquerai tout et ensuite tu m'offriras un café. Et le petit déjeuner. (Elle s'aperçut que son estomac criait famine.)

Fleet se leva, vêtu d'un caleçon. Elle se rinça l'œil tandis qu'il enfilait un T-shirt avant de quitter la pièce.

Situé à un étage élevé et équipé de doubles vitrages de qualité, l'appartement était parfaitement silencieux ; on n'entendait même pas le bruit de la circulation. Lydia comprenait pourquoi Fleet insistait pour qu'elle s'installe chez lui. Elle jeta un regard circulaire, comparant son cadre de vie au sien, comme cela lui arrivait chez Emma pour s'assurer qu'elle était toujours sur la bonne voie. Finalement, elle se sentait bien dans son modeste logement au-dessus du restaurant, même si un nouveau matelas n'aurait pas été du luxe. Un lit confortable était vraiment appréciable.

Fleet revint avec un plateau chargé de deux tasses de thé, des analgésiques, une bande extensible et une pile de tartines généreusement beurrées. Merveilleux !

Lydia mordit dans un toast et ferma les yeux avec un soupir de contentement. Rien ne valait du pain beurré quand on avait vraiment faim. En les rouvrant, elle surprit le regard de tendresse qu'il lui adressait, la remplissant de bonheur et de désir. Sa peur n'avait pas disparu, mais la réalité du danger physique avait remis les choses en perspective.

Fleet saisit une tranche de pain grillé et s'installa à ses côtés.

— Tu peux me décrire tes agresseurs ? Je ne vais pas te répéter que je t'avais prévenue quand tu m'avais parlé des Fox…

— Ce n'est pas Paul. On ne peut pas conclure qu'il est impliqué. Pas encore, en tout cas.

Devant son expression résolue, Fleet n'insista pas.

— J'ai réfléchi à autre chose, dit Lydia en ramassant quelques miettes dans son assiette. Mon père m'a raconté des histoires familiales. La plupart sont des récits fantaisistes, mais ça élargit le champ des possibles. Sans oublier ma cousine Maddie…

— Et toi, ajouta Fleet. Je ne suis pas un imbécile.

— Je sais.

Les barrières qu'elle avait érigées commençaient à tomber. Elle avait révélé l'existence de Jason à Emma, Paul lui avait parlé de Maddie, son père avait eu recours à la magie et elle s'était précipitée chez Fleet. Sans oublier les étranges vibrations qu'il émettait, tels des flashs lumineux à minuit sur une plage de sable blanc. L'odeur de la mer et le bruit des vagues étaient presque palpables. Rien à voir avec l'aura des quatre familles.

Fleet se redressa contre son oreiller.

— Les histoires de famille n'ont pas de sens, déclara-t-il, comme s'il lisait dans ses pensées. Ma mère nous parlait souvent d'un cousin capable d'allumer une bougie en claquant des doigts.

— Quoi ?

Il esquissa un sourire malicieux.

— Ce sont des sornettes. Tu sais comment ça se passe en famille. Les discussions à table deviennent délirantes avec un verre de trop.

Même si Lydia évitait les sujets personnels avec Fleet, elle avait glané quelques détails. Il avait mentionné sa mère ainsi que sa famille, originaire de Sierra Leone, mais jamais son père.

— Comment est-elle ?

— Qui ? Ma mère ?

— Oui, on dirait une force de la nature, poursuivit Lydia, priant pour ne pas être invitée à un dîner familial.

— Elle est morte.

Lydia ne savait plus où se mettre.

— Je suis désolée, je l'ignorais. Tu ne me l'avais jamais dit, n'est-ce pas ?

Fleet sourit, le regard triste.

— Tu n'as pas à te sentir coupable. Un cancer des ovaires l'a emportée il y a cinq ans.

— Je suis vraiment désolée, répéta Lydia. C'est une terrible façon de partir.

— C'est vrai, renchérit-il, les yeux dans le vague.

Il prit une grande inspiration et Lydia se blottit contre lui, une main posée sur sa poitrine, la pâleur de sa peau contrastant avec le teint hâlé de Fleet.

— En fait, elle l'était.

— Quoi ?

— Une force de la nature, précisa-t-il avec un bref sourire. Une vraie matriarche. On la sollicitait pour tout et n'importe quoi.

Lydia se rappela oncle Charlie et préféra garder le silence, doutant que Fleet apprécie la comparaison.

— Nous avions un cousin éloigné, poursuivit-il. Je n'ai jamais rien compris aux liens de parenté. Bref, son fils filait un mauvais coton. Il avait de mauvaises fréquentations. Son père pensait qu'il traînait avec des loubards. Il était venu nous voir, bouleversé, espérant que ma mère saurait quoi faire.

Les lèvres de Fleet frémirent au souvenir d'une femme de principes qui portait toujours un chapeau pour sortir, pas seulement à l'église.

— C'est d'elle que tu tiens ta façon de t'habiller ?

Il sourit.

— Je suis un peu trop chic à ton avis ? C'est parce que tu es négligée.

Lydia lui assena une tape sur le bras.

— Je m'habille pour être à l'aise. J'ai l'esprit pratique.

— Je me fiche de ce que tu portes. De toute façon, je te préfère sans rien.

Lydia sentit son souffle s'accélérer et ne résista pas à l'envie de l'embrasser passionnément.

Il surprit sa grimace de douleur et s'écarta avec précaution.

— Tu as mal.

— Ça va, affirma Lydia, respirant par à-coups. J'aimerais connaître la suite. Ta mère l'a aidé finalement ?

— Elle est allée lui parler.

— Devant sa bande de voyous ?

— Oui. Elle était un peu inconsciente et n'avait peur de rien quand elle pensait avoir raison. Elle l'a tiré par l'oreille jusqu'à la maison. Elle n'était pas très grande, un peu comme toi, et le gamin mesurait plus d'un mètre quatre-vingts, tu te rends compte ? Quoi qu'il en soit, il s'est assagi, il est retourné à l'école et a arrêté la drogue.

— Impressionnant.

— C'est vrai. En tout cas, elle l'a ramené à la raison.

— Donc, ta mère venait de Sierra Leone ? Et ton père ? Tu n'en parles jamais.

— Parce que je ne le connais pas.

— Il n'était pas là ?

— Non. Ma mère a toujours refusé de me révéler son identité. Elle répétait que j'étais son bébé miracle et ça s'arrêtait là.

Lydia déposa un baiser au creux de son épaule.

— Un miracle, hein ? Je vois.

Fleet sortit du lit.

— Tu ferais mieux de ne pas te moquer de ma mère, sinon tu risques d'être privée de petit déjeuner.

— Tu n'oserais pas ! protesta Lydia en se levant à son tour avec précaution.

— Peut-être pas, répliqua-t-il avec un sourire.

Le regard qu'il lui lança en se dirigeant vers la cuisine était si tendre qu'elle sentit comme un pincement à la poitrine. Sa côte meurtrie n'y était pour rien.

CHAPITRE VINGT-TROIS

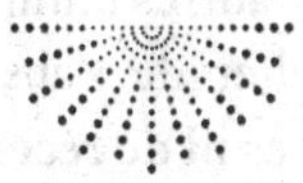

À son retour au restaurant, Lydia se doucha et se changea. Son téléphone sonna et le numéro de Paul s'afficha sur l'écran. Elle hésita, puis décida de répondre, refusant de lui révéler sa vulnérabilité.

— Ça va ? demanda Paul d'une voix moins assurée qu'à l'ordinaire.

— Très bien, répondit Lydia, soulagée que l'anonymat du téléphone lui permette de cacher son impressionnante collection de bleus et de contusions.

— Je n'ai rien à voir avec ce qui t'est arrivé. J'ai parlé aux responsables et cela ne se reproduira pas.

Lydia devina le sens caché de ses paroles.

— J'en suis persuadée.

— Peu importe ce que tu penses de moi, reprit Paul, la respiration saccadée, je ne te ferai jamais de mal. J'espère que tu me crois.

— C'est pourtant ce qui s'est passé. Ta famille…

— Je te répète que ma famille n'est pas un bloc monolithique. Chacun est libre de ses choix et de suivre ses propres règles. Cela dit, ils voudraient s'excuser et s'expliquer.

— Pas la peine, fit Lydia, terrorisée à l'idée d'entrer en contact avec les frères Fox.

— J'insiste, petit oiseau, même si je comprends tes réticences. Au fait, tu vas recevoir un paquet aujourd'hui. Après l'avoir ouvert, j'aimerais que tu en détruises le contenu. C'est une question de confiance. Tu pourrais le remettre à ton ami policier. Ou aux autres familles.

Lydia faillit le supplier de s'abstenir, affirmant qu'elle n'avait besoin ni d'excuses ni de réconfort, mais elle se retint de mentir.

— Arrête de m'appeler comme ça, fut tout ce qu'elle parvint à dire.

Le colis arriva, livré par le même coursier que précédemment. Celui qui rayonnait d'une aura magique fascinante et terrifiante à la fois. Elle n'avait aucune idée de ce que cela signifiait. Quand elle l'avait rencontré pour la première fois au gymnase, elle avait failli défaillir devant l'étrangeté de son pouvoir. Aujourd'hui, sans doute par sa propre souffrance, il lui semblait moins effrayant.

Il lui tendit l'enveloppe matelassée avec un sourire radieux.

— Je peux vous aider, proposa-t-il, la main tendue.

Lydia recula instinctivement.

— Excusez-moi ?

— Vous êtes blessée. Laissez-moi faire.

Avant qu'elle ne puisse répondre, il caressa son visage, ses doigts dégageant une chaleur intense. Sa peau meurtrie se régénéra en un instant.

Il effleura ses épaules et sa poitrine d'une manière qui, en d'autres circonstances, lui aurait valu un coup de genou bien senti dans les parties, assorti d'un chapelet d'injures, mais le soulagement qu'elle éprouva chassa cette pensée de son

esprit. Elle pouvait enfin respirer librement. La douleur
avait disparu.

— Comment avez-vous fait ça ?

Il sourit sans répondre, le regard las.

— À bientôt, mademoiselle Crow, lança-t-il en partant.

Lydia déposa l'enveloppe sur sa table et se dirigea vers
la salle de bains. Elle souleva son T-shirt devant le miroir et
ce qu'elle vit confirma ses soupçons. Les ecchymoses livides
qui recouvraient son buste et son abdomen s'étaient estom-
pées. Elle pivota sur elle-même, enchantée de n'éprouver
aucune gêne, et vérifia ses côtes. Rien. Elle rajusta ses vêtements et retourna dans son bureau.

Pour autant qu'elle sache, la thaumaturgie, la magie de
guérison, n'existait pas au sein des Familles. Du moins rien
de cette sorte, en tout cas. Que savait Paul au sujet des
pouvoirs de l'homme dont il utilisait les services ? L'avait-il
envoyé délibérément ? Si elle lui posait la question et qu'il
l'ignorait, elle risquait de lui révéler une précieuse information que les Fox ne soupçonnaient pas. Or leur rendre
service était bien la dernière chose qu'elle souhaitait.

Notant mentalement d'en parler à Charlie ou à son père,
elle décacheta l'enveloppe. Elle contenait une grande photo-
graphie en couleur ainsi qu'une enveloppe plus petite. Le cliché
en format A4 montrait, alignés en rang d'oignons, les Fox
qu'elle avait rencontrés la veille. Cette vue lui souleva le cœur.
Un détail lui sauta aux yeux. Ils étaient couverts de contusions,
coupures, égratignures et autres bleus et bosses. Des blessures
semblables à celles qu'on lui avait infligées. Était-ce son imagination ou leur avait-on administré la même sévère correction ?

Comme elle s'y attendait, la petite enveloppe contenait
une liasse de billets de vingt livres, le double de la somme
exorbitante qu'elle avait réclamée.

Son téléphone sonna et elle décrocha immédiatement.

— Tu as reçu ton paiement avec mon cadeau ? demanda Paul.

— À l'instant. C'est le prix du silence pour m'empêcher de porter plainte ?

— Ce sont tes honoraires, plus une prime de risque. Si tu poursuis l'enquête et découvres qui a tué Marty, tu auras un bonus. À toi de voir.

— Une prime de risque. Encore une forme de corruption. Je me demande comment j'ai pu croire…

Elle s'interrompit, ne voulant pas avouer sa faiblesse. La situation était déjà assez gênante comme ça.

— Ils ont agi ainsi pour brouiller les pistes, expliqua Paul. Ils devaient affronter Maria et son sbire afin qu'on ne croie pas à un marché entre nos familles. Inutile d'ébruiter que tu travailles pour nous.

— Ils avaient perdu l'usage de la parole ?

— Tu penses que Maria et Alejandro auraient avalé ça ?

Lydia sentit un poids au creux de l'estomac.

— L'idée vient de toi ? Tu leur as dit de les convaincre que ta famille ne peut pas me souffrir ?

— Absolument pas.

Quelque chose dans son ton incitait Lydia à le croire, mais peut-être était-elle naïve ? Paul était le plus charismatique de sa fratrie et même s'il affirmait le contraire, c'était toujours vers lui qu'ils se tournaient pour solliciter son avis.

— J'aurais trouvé un autre moyen. Je n'aurais jamais couru le risque de te blesser physiquement.

— Alors qui est-ce ? Qui me déteste à ce point-là ?

— C'est ce que je vais découvrir, déclara Paul, avec une détermination qui donnait le frisson.

Lydia savait qu'elle aurait dû laisser Charlie se charger d'Alejandro, mais elle en était incapable. Maintenant que ses blessures étaient guéries, elle trouvait dommage de ne pas exhiber sa bonne santé et sa joie de vivre au père de Maria. Elle espérait que celle-ci l'apprendrait et agirait avec plus de respect et de circonspection à l'avenir. Bien sûr, Fleet dirait qu'elle cherchait les ennuis en incitant Maria à frapper plus fort, raison pour laquelle elle décida de ne rien dire. La réputation des Crow reposait sur l'audace, l'intelligence et la résilience, qualités qui avaient fait leur force au fil des siècles. Lydia comptait sur cette stratégie.

Elle appela Silver & Silver et demanda Alejandro. La secrétaire la transféra dès qu'elle mentionna son nom.

— J'ai des renseignements pour vous, annonça-t-elle. Puis-je venir vous voir ?

— Vous êtes toujours la bienvenue.

— Je ne risque pas de me faire embarquer dans une camionnette blanche ?

Il y eut un silence à l'autre bout du fil.

— Je n'ai aucune idée de ce que vous voulez dire. Avez-vous eu des ennuis récemment ? Je dois avouer que j'étais inquiet en apprenant que vous vous lanciez dans les enquêtes privées. C'est un métier dangereux.

— Pas vraiment. J'ai des moyens de pression solides et quelques informations confidentielles intéressantes. Nul n'ignore que je suis intouchable. Qui sait quels petits secrets pourraient fuiter dans la police, la presse ou chez une autre Famille ? Personne ne serait assez fou pour me chercher noise. N'oubliez pas que je suis la fille d'Henry Crow.

— J'entends bien, mais je ne vois toujours pas ce qui vous pousse à le faire.

C'était habile, elle devait le reconnaître.

— Retrouvons-nous à Grey's Inn. Il y a un square charmant là-bas.

. . .

Lydia se rendit dans les jardins secrets de Grey's Inn.
Même s'ils se trouvaient au cœur du monde juridique, elle se sentait plus en sécurité à l'extérieur que dans les bureaux de Silver & Silver ou dans l'un de leurs pubs favoris. La journée était fraîche et les arbres commençaient à perdre leurs feuilles. Un jardinier avisé avait composé de magnifique parterres d'automne dans des dégradés d'orange, de rouge et d'ocre.

Alejandro était emmitouflé dans un manteau de laine noire et coiffé d'un chapeau Fedora. Sa barbe argentée était impeccablement taillée et son teint hâlé contrastait avec la pâleur des employés, déjeunant d'un sandwich et d'un café sur les bancs voisins.

— C'est agréable de prendre l'air, dit-il en guise de salut.

Elle crut voir son regard s'attarder sur son visage et son cou, et se réjouit à l'idée qu'il cherchait des bleus imaginaires et surveillait ses mouvements en quête d'une douleur fantôme.

— J'apprécierais que vous surveilliez Maria à l'avenir, attaqua-t-elle tout à trac. Son comportement est inacceptable.

— Vous auriez dû y réfléchir à deux fois avant de vous en prendre à ma famille.

Lydia opina.

— C'est possible. Mais vous êtes quelqu'un de pragmatique et réaliste. Maria agit en solo depuis quelque temps, non ?

Alejandro plaça un cigare entre ses lèvres.

— Je préférerais que vous ne fumiez pas.

— Je crois entendre mon médecin, dit-il en sortant un briquet en argent qu'il actionna d'un coup de pouce.

— Que comptez-vous faire ? demanda Lydia, feignant d'ignorer qu'Alejandro avait allumé l'extrémité de son cigare et tétait avec enthousiasme. C'est votre fille, mais si la situation dégénère, tout le monde en souffrira.

Les yeux d'Alejandro s'étrécirent en raison de la fumée ou de la colère.

— Vous feriez mieux ne pas proférer de menaces.

— Ce n'est pas moi qui ai commencé, mais Maria en assassinant Yas Bishop.

— Yas n'était pas des nôtres.

— Une Silver ?

Alejandro balaya sa remarque d'un geste de la main.

— Qu'elle soit une Silver ou une Crow… Nous sommes tous liés.

— C'était un être humain. Ne pas appartenir à une Famille n'y change rien et il ne faut pas la considérer comme une quantité négligeable.

— Je ne peux pas en vouloir à ma fille d'avoir voulu se venger. Vous devriez le comprendre.

— Ce que je comprends, c'est que vous avez un problème. Votre façon de le résoudre vous regarde. Mais ce n'est pas tout.

Alejandro inclina la tête.

— Veuillez avoir l'obligeance de m'éclairer.

— Vous conservez la coupe d'argent familiale dans votre bureau, alors qu'elle devrait se trouver au British Museum. C'était un des termes de l'accord.

— Je n'ai pas besoin d'une leçon d'histoire de la part d'une gamine.

Lydia ne répondit pas.

— Les Crow n'ont pas respecté cette partie de l'accord, poursuivit Alejandro sur la défensive. La pièce de monnaie que vous y avez déposée est fausse, croyez-vous que nous l'ignorons ?

— Je n'étais même pas née à cette époque, rétorqua Lydia. Mais je suis curieuse de savoir qui a pu vous mettre cette idée en tête. Quand avez-vous décidé de récupérer la coupe ?

— Que voulez-vous dire ?

— J'ai réfléchi. Qui aurait intérêt à ce que nous nous battions, que nos anciennes alliances se rompent ? Celui qui vous a soufflé qu'il était temps de reprendre la coupe d'argent au musée a des motivations qui lui sont propres, si vous voulez mon avis.

Le visage d'Alejandro se ferma.

— Je n'ai d'ordre à recevoir de personne.

— Même pas des conseils ? L'information est le secret du pouvoir, après tout.

Lydia savait qu'elle s'aventurait sur un terrain glissant. Suggérer que le chef de la famille Silver avait été piégé le frappait là où le bât blesse, ébranlant son sentiment de supériorité.

— Je sais que je ne suis pas en odeur de sainteté en ce moment, reprit-elle. Il existe des représailles, la loi du talion et tous ces simulacres de respect, mais je déteste être manipulée. Si quelqu'un cherche à nous diviser, c'est une raison suffisante pour enterrer la hache de guerre. Qu'en pensez-vous ?

— Qui me dit que vous n'essayez pas de m'enfumer ?

— C'est possible, mais je ne suis pas comme mon père ni mon oncle. Je me tiens en dehors de tout ça.

— Et je devrais vous croire ?

Lydia hésita.

— Vous avez raison. C'est un peu trop simpliste. Je ne m'exclus pas, mais je ne suis pas responsable non plus. Je voudrais éviter un conflit. Suivez mon conseil et faites le ménage chez vous.

CHAPITRE VINGT-QUATRE

Lydia avait renoué le contact avec Faisal. Il lui confia que le phénomène du mystérieux wagon vide ne s'était pas reproduit et qu'il refusait de la reconduire dans les tunnels désaffectés. Même si elle avait mémorisé le code de la porte et pouvait y accéder sans son aide, elle préférait être accompagnée par un guide familier du terrain. L'idée de s'égarer dans cet endroit lui donnait froid dans le dos. Malheureusement, elle eut beau déployer des trésors d'ingéniosité, Faisal demeura inflexible. D'autant qu'elle s'interdisait d'utiliser ses pouvoirs magiques, suite à ses récentes découvertes concernant le passé familial. Elle était une Crow, mais pas une criminelle. Elle était capable de s'assumer seule et agirait à sa manière. Elle se refusait donc d'utiliser la magie contre un innocent.

Respecter un code moral strict finissait par devenir lassant. Lydia aspirait à un stimulant, même si elle s'évertuait à réduire sa consommation d'alcool. Par conséquent, elle était d'une humeur massacrante en tentant d'encourager Jason à sortir de l'immeuble.

— Je ne peux pas, répéta-t-il. C'est douloureux et désagréable. Je n'aime pas du tout ça.

— Arrête de te plaindre et viens. Tu n'arriveras à rien si tu continues sur cette voie.

Lydia avait conscience de se comporter comme une piètre pédagogue, ce qui la rendait encore plus revêche.

— Allez Jason, fais un effort, plaida-t-elle, s'efforçant d'adoucir son ton.

Il avait l'air au bord des larmes, remarqua-t-elle, tandis qu'ils marchaient devant le restaurant. Sa silhouette s'amenuisait à vue d'œil, de sorte qu'elle pouvait voir la façade en brique à travers son torse.

— Ça fait mal, se plaignit-il.

— D'accord, on rentre.

Si elle insistait, il risquait de disparaître définitivement et elle serait bien avancée. À peine Jason eut-il franchi la porte de *The Fork* qu'il se matérialisa devant elle, visiblement soulagé.

— Il me faut un remontant, déclara-t-elle.

Elle actionna la machine à café et se servit un double expresso bien serré.

Jason papillotait devant la fenêtre.

— Viens t'asseoir, pria Lydia. Ce n'est pas grave. On finira par trouver une autre solution.

Elle avait eu une idée saugrenue qu'elle avait préféré écarter, espérant trouver une autre méthode qui fonctionnerait.

Jason s'installa sur une chaise en face d'elle.

— De quoi s'agit-il ? Tu as l'air bizarre.

— J'ai pensé à un moyen, mais j'hésite à te l'expliquer. Je ne sais pas si j'en serai capable et encore moins si tu accepteras.

Le fantôme s'agita, un tic nerveux tordant sa bouche.

— Tu dois tout me dire maintenant, sinon je vais imaginer les pires scénarios.

— Tu te souviens que l'esprit de Marty a fusionné avec moi ? Et si tu faisais la même chose ? Je pourrais te transporter à l'extérieur. Je te servirais de moyen de locomotion, en quelque sorte…

— Un char d'assaut ?

— Plutôt un réceptacle.

— Un réceptacle ? répéta Jason avec un sourire taquin. Ça sonne religieux et puritain, pas vraiment ton genre. Cela dit, c'est une bonne idée.

— Tu trouves ?

Ayant exprimé son plan à haute voix, Lydia espérait qu'il lui semblerait moins effrayant. Mais ce n'était pas le cas.

— Je ne sais pas si j'y arriverai, objecta Jason. Je suis un peu plus compact et plus solide que ce pauvre Marty, ajouta-t-il avec une pointe de fierté.

— C'est vrai à l'intérieur, mais dehors, tu deviens flou et tu te mets à vibrer comme un de ces appareils de fitness bizarroïdes.

— Un appareil de fitness ?

— Oui, tu sais, on en fait la publicité à la télévision. Des plateformes vibrantes pour se tonifier ou quelque chose comme ça. Mais je m'égare. C'est sans importance.

— Je me trémousse, moi ? s'exclama Jason, horrifié.

— Non, tu vibres. Ça fait mal aux yeux et à la tête.

— Ce n'est pas très agréable pour moi non plus. Je dois me concentrer de toutes mes forces si je veux demeurer entier et ne pas disparaître. Un peu comme quand on est épuisé et qu'on lutte pour rester éveillé, mais en pire.

— Et tu ne sais toujours pas où tu t'aventures à ces moments-là ?

Il secoua la tête avant de se lever de sa chaise.

— Je te l'ai dit, je ne me souviens de rien. Je perds toute notion du temps. C'est comme un trou noir, et puis brus-quement, je reviens à la réalité. Quoi qu'il en soit, j'accepte de tenter l'expérience. Ce n'est pas grave si tu n'y tiens pas, ajouta-t-il, la mine sombre, voyant que Lydia ne l'imitait pas.

Elle songea à Jason qui lui avait sauvé la vie, à son désir de rencontrer un autre esprit, et à son échec à élucider le mystère de sa mort et celui de sa femme. Elle devait au moins tenter l'aventure, même si les chances de réussite étaient minces. Elle s'inquiétait probablement pour rien.

— Je ne sais pas si ça va marcher, admit-elle. Je te donne de l'énergie, je te rends plus solide, et c'est encore plus intense quand il y a un contact physique. Ça pourrait devenir un handicap ici.

— Tu devrais te détendre. Tu as l'air vraiment stressée et ça ne va pas nous aider.

Lydia retint une réplique acerbe. Elle revivait la sensation glaciale du fantôme de Marty quand il avait pénétré en elle. La terreur. Sa peur à lui amplifiée par la sienne, et le froid terrible qui semblait figer son sang et ses veines, chacun de ses muscles. Le manque d'air. Ses poumons privés d'oxygène ne se contractaient plus, son cœur ne battait plus. Que se passerait-il si elle devait endurer ce supplice plus longtemps que quelques secondes ? Et si cela la tuait ?

— J'ai une idée, annonça Jason en se dirigeant vers l'escalier. Il revint peu après avec la bouteille de whisky intacte.

— Bois ça. Tu te sentiras mieux.

Lydia dévissa le bouchon. Tant pis pour ses résolutions, puisque c'était pour la bonne cause. Elle but au goulot. L'alcool lui brûla la gorge, c'était délicieux. Elle sentit la chaleur familière se répandre dans son corps et la panique refluer. Elle pouvait y arriver. Jason ne lui ferait aucun mal.

— Nous aurons besoin d'un signal, reprit-il. « Va-t'en » fera l'affaire, mais il faut prévoir un plan B au cas où…

Si elle était incapable de parler, comprit-elle, épouvantée. Jason avait raison.

— Je pourrais peut-être frapper dans mes mains ?

— Entendu, je me retire si tu applaudis, répéta Jason le plus sérieusement du monde. À toi de me donner un signal d'alerte.

Lydia lui tapota le bras.

— Un plan B pour notre plan B ? J'adore ta façon de penser. Très bien. Si je tape du pied droit comme ceci – elle se leva et fit la démonstration – ça voudra dire « file ».

Il acquiesça, les yeux brillants d'excitation.

— On y va ?

Lydia but une autre gorgée de whisky. La situation lui semblait déjà plus gérable, mais elle remarqua qu'elle étreignait la bouteille si fort que ses jointures avaient blanchi.

Dehors, la bruine s'était mise à tomber et la fin de l'après-midi avait cédé la place au crépuscule. Les phares des voitures brillaient d'une lueur aqueuse et plusieurs fenêtres des immeubles environnants étaient éclairées. Lydia retourna à l'intérieur, enfila son blouson et ingurgita une dernière lampée de whisky. Elle n'avait pas l'intention de tergiverser. Simple question de bon sens.

— Voilà, je suis prête, déclara-t-elle en rejoignant Jason.

Il tremblait sous l'effort qu'il faisait pour ne pas se volatiliser, les dents serrés, un muscle tressautant le long de sa mâchoire.

— Et maintenant, je fais quoi ? bredouilla-t-il.

Lydia posa la main sur son torse et sentit le froid l'envahir.

— Peut-être me serrer dans tes bras ?

Jason obéit. Sa peau était glacée, mais il semblait plus éthéré que jamais, ce qui était bon signe. Lydia s'apprêtait à lui en faire la remarque, quand elle éprouva une sensation de froid intense. Les mots restèrent coincés dans sa gorge. Elle ferma les yeux et se concentra sur sa respiration, luttant contre la peur. Le froid envahissait chaque parcelle de son corps au point qu'elle était ankylosée, incapable du moindre mouvement, ce qui rendrait difficile l'utilisation du signal d'alerte convenu. *Ne panique pas, Lydia*. Elle inspira par le nez et s'efforça de garder son sang-froid. Elle appela Jason mentalement, terrifiée à l'idée qu'il puisse lire ses pensées ?

Quelle affreuse perspective ! Pourquoi n'y avait-elle pas réfléchi plus tôt ?

Elle ne pouvait pas le voir, mais elle avait un peu moins froid. Peut-être était-ce l'effet de son imagination ?

— Jason ? répéta-t-elle d'une voix enrouée. Tu es là ?

Elle se réchauffa instantanément et réussit à bouger les doigts et à articuler plus distinctement.

Elle branla du chef sans le vouloir.

— Aïe ! Ne fais pas ça ! cria-t-elle involontairement.

La sensation d'être manipulée était épouvantable, un cauchemar au-delà de toute imagination.

Elle tenta de bouger les jambes et s'aperçut qu'elle pouvait marcher. Il était toutefois hors de question de se rendre dans les tunnels dans cet état. Pas par ses propres moyens, en tout cas. Elle commanda un Uber et s'entraîna à monter et descendre du trottoir en attendant.

Elle se sentait beaucoup mieux quand le taxi arriva. Cela signifiait qu'elle s'habituait à la présence de Jason ou qu'il s'était égaré quelque part hors de contrôle. S'il errait entre le monde des vivants et celui des morts, elle s'apprêtait à s'enfoncer sous terre pour rien.

Elle appela Faisal. Dire qu'il n'était pas franchement ravi de l'entendre était un euphémisme.

— Je ne peux pas, répéta-t-il à l'envi.

Lydia s'engagea à le dédommager généreusement. Elle s'était munie de soixante livres et pensait pouvoir lui promettre cinquante de plus. Sa décision de ne pas influencer autrui par des procédés magiques allait lui coûter cher.

Faisal finit par céder et accepta de la rejoindre à l'entrée des tunnels désaffectés d'Euston, là où elle avait croisé le fantôme de Marty pour la première fois. Quand elle arriva sur les lieux, elle n'eut aucun mal à le repérer avec son gilet fluorescent sur le quai désert.

— Je ne peux pas continuer comme ça, grommela-t-il après avoir empoché l'argent. On va me virer.

— Bien sûr que non, affirma Lydia avec autorité. Et vous rendrez service à un pauvre homme en détresse. C'est une bonne action.

Si elle devait enfreindre les règles qu'elle s'était fixées en lui forçant la main, elle veillerait au moins qu'il ne perde pas son gagne-pain pour l'avoir aidée.

— Qui est-ce ? Non, ne me le dites pas. Je ne veux pas le savoir.

À ce stade, elle nota qu'elle se sentait tout à fait normale. Elle avait peut-être un peu froid, mais c'était difficile à évaluer. Elle avait le sentiment décevant que Jason avait effectivement disparu. Feignant de ne pas se rappeler le code d'accès, elle laissa son compagnon le composer et le suivit dans le souterrain. Mieux valait le laisser croire qu'il avait la situation en main.

— Je ne devrais pas vous autoriser à descendre ici, bougonna-t-il. C'est interdit au public. Nous ne sommes pas assurés pour ça et vous pourriez vous perdre.

— D'où votre présence, répliqua-t-elle fermement.

Ils parcoururent les tunnels dans un silence pesant. Concentrée pour détecter la présence de Jason en même temps que l'odeur d'un Fox, Lydia n'avait pas l'énergie d'entretenir la conversation.

Les tunnels sombres et poussiéreux lui semblaient étrangement familiers lors de cette troisième visite. Elle faillit déclarer à Faisal qu'elle pouvait poursuivre seule, mais en imaginant les mètres cubes de roches, de gravats et les bâtiments au-dessus de sa tête, elle se maîtrisa et continua à avancer.

L'éclairage de secours éclaboussait les lieux d'une lueur morbide dans l'air vicié. En dépassant un embranchement bas de plafond, elle perçut un bruit de ruissellement inquiétant et songea que l'endroit était peu propice à la convivialité. Elle aurait dû opter pour une carrière dans l'évaluation hôtelière ou les tests de chocolat.

Soudain, elle sentit le frôlement d'une fourrure sur sa joue et une odeur d'humus après la pluie. Elle s'arrêta net.

— Nous y sommes presque, dit-elle.

— Vous avez une bonne mémoire, lança Faisal, admiratif.

— Attendez-moi ici. Je vous donnerai vingt livres de plus, ajouta-t-elle, en luttant pour ne pas exhiber sa pièce d'or.

— D'accord.

Il sortit un vieil iPod de sa poche et commença un jeu de gemmes.

Lydia reprit son chemin, l'odeur des Fox s'intensifiait à chaque pas. Une arche en pierre indiquait l'entrée du tunnel de ventilation, où elle avait découvert le cadavre de Marty. Il n'y avait pas de ruban de police pour signaler une scène de crime, seulement une paire de surchaussures en plastique bleu abandonnée sur le sol. Aucun signe du fantôme de Marty non plus, hormis un fort relent de renard. Il ne devait pas être loin. Lydia se refusait d'imaginer qu'il l'observait dans l'obscurité.

— Jason, tu es là ? murmura-t-elle.

Elle ressentit des spasmes à l'estomac, comme si elle avait avalé un caillou glacé, qui grandissait à chaque seconde. À présent, une sensation de froid lui brûlait l'abdomen.

— Jason ? répéta-t-elle plus fort, essayant de ne pas céder à la panique à mesure que la sensation de froid polaire s'intensifiait.

Une forme spectrale émergea au détour du tunnel, translucide et floue dans la faible lumière. Lydia reconnut les longs cheveux filasse de Marty.

— Jason ! C'est maintenant ou jamais !

La morsure du froid devenait insupportable. Elle allait se retrouver paralysée d'une seconde à l'autre. Elle ferma les yeux et serra les poings en espérant que la douleur passe.

Et puis, brusquement, cela se produisit.

Nom d'un chien !

La voix de Jason, portée par l'air, était aussi miraculeuse que sa silhouette vacillante. Il recula en souriant.

— Ça a marché !

À travers lui, Lydia aperçut le corps de Marty ainsi que le tunnel qui s'étendait plus loin, vision qui lui donna une violente migraine.

— Marty, murmura-t-elle avec douceur, vous n'avez rien à craindre. Nous sommes là pour vous aider.

Jason se retourna, tandis que Marty s'éloignait, planant comme une créature d'un autre monde.

— Grands dieux ! s'exclama Jason. (Dans sa bouche, cela sonnait comme une invocation plutôt qu'un juron.) Je ressemble à ça ?

— Pas toujours, répondit Lydia, sans lâcher Marty des yeux. N'ayez pas peur, répéta-t-elle. Pouvez-vous voir mon ami Jason ? Il voulait vous connaître. Nous sommes venus vous parler.

Marty ouvrit la bouche, mais aucun son n'en sortit. Il n'avait pas l'air de crier, contrairement à l'autre jour, et avait l'air plus détendu. Il avait dû être très séduisant de son vivant et sa ressemblance avec les Fox était frappante.

— Je m'appelle Jason, déclara Jason, très ému. Je suis comme vous. Vous n'êtes pas seul.

Lydia sentit l'émotion la submerger.

— C'est bon, mon vieux, poursuivit Jason. Je voulais seulement vous rencontrer et bavarder un peu.

Lydia gardait le silence. On aurait dit que Marty tremblait un peu moins, et paraissait un peu plus dense qu'auparavant. Avec l'odeur de renard envahissant sa bouche et son nez, sans mentionner l'épuisement après avoir transporté Jason, c'était difficile à évaluer dans l'obscurité.

Jason s'approcha de Marty, puis s'immobilisa. Le spectre ouvrit largement la bouche et émit un son rauque et râpeux, à peine audible.

— Je sais que c'est difficile, continua Jason. J'étais terrifié moi aussi. Mais ça va s'arranger, je vous assure.

Le regard de Marty parut changer, alors qu'il fixait Jason, la bouche béante. Une étincelle de vie, de compréhension brilla dans ses yeux. Il referma la bouche et sembla reprendre une apparence humaine, avançant avec maladresse, comme s'il réapprenait à marcher.

Jason parlait toujours, débitant des mots réconfortants, si doux et patient que Lydia aurait voulu le serrer dans ses bras.

Marty leva les bras, comme pour attraper quelque chose. Il prononça un mot reconnaissable : « Katy ». Le nom s'étira, telle une caresse chuchotée, empreint d'une telle nostalgie que Lydia en eut la chair de poule.

— Tout va bien, reprit Jason. Il n'y a aucune raison d'avoir peur. Nous voulons seulement comprendre ce qui vous est arrivé.

Marty secoua la tête. Il répéta « Katy », plus distinctement cette fois, ondula vers la paroi du tunnel et disparut.

Jason pivota sur lui-même.

— Je crois qu'il est parti. Je le suis ? demanda-t-il en se dirigeant vers l'endroit où Marty s'était volatilisé.

— Non ! s'écria Lydia, paniquée.

Jason stoppa net et la dévisagea, diaphane comme s'il était superposé à la scène.

— Tu pourrais te perdre et ne plus pouvoir revenir, expliqua-t-elle. Et si tu te désagrégeais ?

L'expression de Jason s'adoucit. On aurait dit qu'il devenait plus tangible, peut-être à cause de la satisfaction qui se lisait sur ses traits. Agaçant.

— Tu tiens vraiment à moi ?

— Ferme-la.

Ils décidèrent d'attendre quelques minutes, appelant Marty d'une voix calme et rassurante dans l'espoir de le voir réapparaître.

— Je vais le chercher, décida Jason.

— Non. C'est trop risqué.

— C'est notre seule chance de découvrir comment il est mort, rétorqua-t-il en s'éloignant. Et je veux qu'il sache qu'il n'est pas seul.

— Non, répéta Lydia, désespérée.

Mais Jason s'était déjà engouffré dans le mur. Sa forme solide se fondit dans l'obscurité entre les arceaux métalliques.

— Jason !

La voix de Lydia, frêle et effrayée, résonna dans un silence de mort.

Elle patienta quelques minutes, qui lui parurent une éternité, mais il ne reparut pas.

CHAPITRE VINGT-CINQ

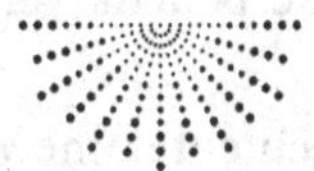

Lydia fixa l'horloge de son téléphone jusqu'à ce que sa vue commence à se brouiller. Elle régla le minuteur sur cinq minutes, se disant que si Jason n'était pas revenu d'ici là, elle devrait agir. Comment, elle l'ignorait, mais cette décision la réconforta. *Allez*, Jason, pria-t-elle en silence. *Reviens. S'il te plaît.*

La dernière minute s'affichait sur l'écran quand une bouffée de « Fox » l'enveloppa. Marty surgit de l'obscurité, se confondant avec les armatures métalliques qui soutenaient les parois du tunnel de ventilation. Lydia mit un moment à comprendre qu'un détail clochait, quelque chose d'inédit. Marty souriait, la bouche grande ouverte. Les deux trous béants de ses yeux semblaient un peu moins tristes. C'était flippant.

— Jason ! appela-t-elle à voix basse, comme si elle pouvait le faire apparaître.

Une ombre se profila derrière le fantôme. Ce n'était pas Jason, mais une silhouette féminine aux grands yeux sombres pétillants d'intelligence, vêtue d'une longue robe et d'un tablier.

— Tout va bien, lui souffla Jason à l'oreille.

Lydia sursauta, présumant qu'il avait dû traverser le tunnel derrière elle. Son soulagement fut de courte durée, car les deux fantômes se mirent à léviter devant eux.

— Il n'est pas seul finalement, murmura Jason.

Lydia tremblait et serra les mâchoires pour ne pas claquer des dents.

La forme féminine se pencha vers Marty, qui lui sourit d'un air béat.

— Katy, dit-il joyeusement d'une voix éraillée.

La femme le prit par la main et l'entraîna dans le tunnel.

Lydia se tourna vers Jason.

— Elle ressemble à Katy à ton avis ?

— Non. Marty l'a cherchée longtemps après son décès. Il a l'air très heureux, même si ce n'est pas elle.

— Mais alors, qui est-ce ?

— Je n'en sais rien, mais à en juger par ses vêtements, il y a un bail qu'elle est morte.

— On devrait agir, non ? dit Lydia sans réfléchir.

Elle n'avait aucune idée de ce qu'elle pourrait faire, puisque Marty et ce qui ressemblait à un fantôme de l'époque victorienne s'éloignaient main dans la main vers le soleil couchant. Ou plutôt le long d'un conduit de ventilation abandonné. Peu importait, en réalité.

— Je ne crois pas, trancha Jason, alors que les deux silhouettes disparaissaient.

— Tu étais où ?

— Il y a par ici une multitude d'esprits qui parlaient en même temps. Nous étions à l'intérieur du mur ou peut-être sous terre. L'obscurité était totale et je n'ai pas vraiment apprécié. J'avais un mal fou à me concentrer. Je suis presque sûr qu'il est mort de terreur à cause d'elle, mais qu'elle ne l'a pas fait exprès.

Jason n'avait pas l'air dans son assiette.

— Comment te sens-tu ?

— Je suis content de m'être aventuré à l'extérieur, même dans un souterrain.

— Mais ? s'enquit Lydia, devinant qu'il y avait un pépin.

— Je suis claqué et j'ai mal partout. Ce qui est plutôt curieux, quand on y pense. Sûrement parce ce que je me souviens de la douleur et que je peux en recréer les effets, même si je suis devenu un fantôme.

Lydia constata qu'il était presque translucide.

— On rentre, proposa-t-elle.

Elle s'efforça de garder les yeux ouverts quand il fusionna avec elle, mais le froid lui coupa le souffle et elle ferma les paupières par réflexe.

Le retour s'avéra plus laborieux que l'aller. Lydia reprit un taxi. On aurait dit que le temps s'était arrêté. Elle frissonnait de froid et de désespoir. Elle se sentait mal, épuisée et n'aspirait qu'à dormir. Mais elle craignait de ne pas se réveiller si elle fermait les yeux. Pour se distraire, elle mit ses écouteurs et augmenta le volume de sa musique rock préférée, serrant sa pièce fétiche dans la main.

Une nausée l'envahit à la porte du restaurant et elle comprit que Jason l'avait quittée. Elle se précipita à la cuisine pour vomir dans l'évier et se rinça au robinet avant de s'affaler par terre, en sueur et secouée de frissons. Une fois le malaise passé, elle appela Paul pour lui rendre compte du décès de Marty. Elle avait de bonnes raisons de croire qu'il était mort de terreur en voyant le fantôme de son ex-petite amie, expliqua-t-elle.

— Katy ?

— C'est ça. La culpabilité le rongeait, combinée à la dépression et à la paranoïa, sans oublier son problème cardiaque, qui a fini par l'emporter. Le pauvre garçon a cru voir Katy et ça lui a été fatal.

Paul s'accorda le temps de la réflexion.

— Tu crois qu'il a halluciné ?

— Ou vu quelque chose, répondit Lydia, pressée d'en finir. Peut-être un spectre. Des tombes ont été déplacées lors de la construction de ce tronçon du tunnel. Des conditions parfaites pour un esprit tourmenté, à condition d'y croire.

— Ça se tient. Un jour, Luke avait trop bu et affirmé avoir aperçu une fille là-bas, habillée bizarrement. J'étais inquiet pour sa santé mentale, mais ta version me rassure. Merci.

Lydia s'étonna de la facilité avec laquelle il avait avalé son explication farfelue, mais elle n'allait pas s'en plaindre.

— Donc, nous sommes quittes ?

— Pas tout à fait. J'ai progressé dans l'autre affaire. Je te tiendrai informée.

Lydia comprit qu'il parlait de son agression.

— C'est fini, affirma-t-elle. Je ne veux plus rien avoir affaire avec ta famille.

— C'était Tristan.

— Comment ça ?

Lydia n'en croyait pas ses oreilles. Paul accusait son propre père publiquement. Et devant une Crow, qui plus est.

— Apparemment, les garçons ne se contentaient pas d'explorer les tunnels pour le fun. Ils étaient en contact avec un Russe et cherchaient un lieu de rendez-vous discret.

Lydia pensa immédiatement à Dmitri, le coursier qu'elle avait filé depuis le domicile de Maria jusqu'au siège de JRB.

— Un coursier ?

— Un employé, je suppose. Il prétendait avoir des infos sur un complot des Crow contre nous. J'ignore pour qui il travaillait, mais Tristan a tout gobé. Il n'était pas très heureux de nos retrouvailles avec un ancien contact.

Lydia resta muette, un bloc glacial sur l'estomac à l'idée d'être dans le collimateur de Tristan Fox.

— Ne t'inquiète pas, poursuivit Paul, comme s'il lisait dans ses pensées. Je m'en occupe.

Lydia retrouva sa voix.

— À partir de maintenant, je préfère qu'on garde nos distances.

— Si tu veux. Je croyais qu'on formait une bonne équipe.

— Je travaille en solo, comme tu le sais.

— Tu te répètes, petit oiseau.

LYDIA DORMIT À POINGS FERMÉS CETTE NUIT-LÀ SANS UNE goutte de whisky. Transporter un fantôme avait été épuisant. Elle se réveilla tard le lendemain matin avec la nausée et un mal de crâne lancinant. Comme il n'y avait rien de comestible dans la cuisine, elle descendit au rez-de-chaussée après une douche et un paracétamol.

Angel enregistrait une commande derrière le comptoir. Lydia attendit patiemment.

— Il y a des restes ? questionna-t-elle quand elle eut terminé.

— Le menu est affiché sur le tableau.

— Je pensais à quelque chose de gratuit.

Elle ne parlait pas sérieusement, mais aimait taquiner Angel, qui rétorqua du tac au tac :

— Un verre d'eau peut-être ? Une claque bien sentie ?

Lydia leva les mains en signe de reddition.

— Je plaisante. Un croissant, un sandwich au bacon et une tartelette à la crème, s'il vous plaît.

Angel arqua un sourcil impeccablement dessiné.

— Ce sera tout ?

— Et du café.

Lydia, qui avait pris la précaution d'emporter sa propre tasse, se servit elle-même.

— Vous êtes occupée en ce moment ? s'enquit Angel en déposant la tartelette sur une assiette.

— Plus ou moins, répondit Lydia.

Elle omit de préciser qu'elle venait de résoudre sa première affaire dans la série « l'assassin était un fantôme », mais n'était pas sûre de l'exactitude des faits. C'était peut-être un accident et donc un homicide involontaire. À moins de prouver que l'inconnue avait eu l'intention de nuire.

Elle divaguait. Elle avait décidément besoin de se remplir l'estomac.

Angel était déjà repartie à la cuisine.

Lydia espérait que le fantôme de Marty et la jeune femme trouveraient la paix. S'il la prenait pour Katy, cela suffirait peut-être à libérer son esprit où qu'ils soient.

Angel revint avec la commande.

— Vous avez du liquide ? Charlie m'a dit que vous deviez régler votre ardoise. Vous avez fait quelque chose qui lui a déplu ?

Lydia sortit sa carte de crédit.

— Apparemment. Je ne suis pas en odeur de sainteté en ce moment. C'est combien ?

Angel lui tendit le sandwich avec un signe de tête.

— Rien. Je me sens d'humeur généreuse.

Une fois le petit déjeuner liquidé, Lydia avait prévu de prendre des nouvelles de Jason après leur récente aventure. Au lieu de quoi, elle s'endormit sur son bureau et à son réveil, elle découvrit une tache de bave. Elle s'essuya la bouche, s'étira et sentit craquer sa colonne vertébrale. Elle entendit vaguement du bruit et mit un moment à comprendre qu'il s'agissait de son téléphone.

— Il y a du nouveau, annonça Fleet. Tu peux venir ?

Après s'être rafraîchie, Lydia se rendit au « pont vers nulle part » dans Burgess Park, leur ancien lieu de rendez-vous, à l'époque où ils venaient de se rencontrer.

Fleet était en costume, les yeux cernés.

— J'ai parlé à l'inspectrice en chef et elle m'a appris qu'ils considéraient le décès de Marty Benson comme suspect. L'affaire a été retirée de la Police des transports et transférée au Met.

— Il est mort d'une crise cardiaque, expliqua Lydia. Il avait le cœur faible.

Elle faillit ajouter qu'elle avait rencontré la meurtrière la veille et qu'il ne serait pas facile de procéder à un contre-interrogatoire, puis se ravisa. Ce n'était pas une information à partager avec Fleet.

— Un témoin t'a reconnue dans les tunnels à l'heure du décès.

— Pas étonnant puisque c'est moi qui l'ai trouvé.

— Non, avant l'heure que tu as déclarée. Et seule. Faisal n'était pas là.

— Et de quoi suis-je accusée ? D'avoir crié « bouh » pour lui faire peur ?

— Je sais que ça paraît ridicule, mais il y a plus. Un certain Jack Fox a déposé en tant que témoin. Il a affirmé à la BPF qu'il t'avait vue te disputer avec Marty Benson.

— La BPF ?

— La Brigade de Protection de la Famille. Ils ont identifié Marty et pris contact avec ses proches, comme l'exige la procédure. Apparemment, il n'a pas été facile de les retrouver, mais Deshan, un officier très consciencieux et minutieux, y est parvenu.

— Super, fit Lydia, peu encline à apprécier le zèle d'un collègue de Fleet.

— Quoi qu'il en soit, il a dit que tu avais l'air très en colère. Il t'aurait même entendue hurler : « Tu es mort » ! Jack, le témoin, est l'un des frères de Paul Fox. Tu dois le connaître.

Lydia ignora la pique.

— Je n'ai jamais rencontré Marty Benson de son vivant.

Uniquement son fantôme. Et encore brièvement. Tu le sais très bien.

— C'est sa parole contre la tienne, et le chef pense qu'il y a assez de preuves pour ouvrir une enquête sur une mort suspecte.

— Ce sera transmis au MIT ?

Fleet acquiesça. Le cœur de Lydia se serra. L'Unité nationale d'investigation criminelle allait prendre le relais, analyser les pièces à conviction et formuler ses conclusions.

— En raison du manque de personnel, ils ont constitué une équipe avec les moyens du bord.

— C'est-à-dire ?

— On m'a détaché.

— Parfait, déclara Lydia. *Oncle Charlie aurait certainement une attaque à force de s'égosiller : « Je t'avais prévenue ».* On ne risque pas un conflit d'intérêts à cause de notre liaison ?

— J'adore t'entendre prononcer ce mot « liaison », mais non, ils ne peuvent pas se permettre de chipoter. Les enquêteurs sont débordés. Ils se retrouvent chacun avec une vingtaine d'affaires de meurtre sur les bras. Et puis, je n'ai parlé de nous deux à personne. Je pensais que tu préférais la discrétion.

Lydia étouffa un juron bien senti.

Fleet l'attira à lui, se pencha et déposa un baiser sur ses lèvres.

— Ça va aller, affirma-t-il.

Lydia réagit comme à son habitude, mais cela ne suffit pas à apaiser le tumulte de son esprit.

Après son départ, elle retourna à *The Fork*. Elle se sentait toujours un peu zombie et incapable de réfléchir lucidement. Si transporter un fantôme lui faisait cet effet-là, elle préférait ne pas renouveler l'expérience. Assise à son bureau, elle chercha à se changer les idées en grignotant du pain grillé. Elle ne voulait pas considérer le comportement de Fleet comme une trahison personnelle. C'était son boulot, après tout, et il pouvait difficilement refuser de collaborer avec le MIT sur cette affaire, même si elle lui avait signifié de ne pas révéler leur relation. Difficile de jouer sur les deux tableaux. C'était agaçant.

Quoi qu'il en soit, le cas Paul Fox était clos et elle pouvait désormais se consacrer à autre chose. Les affaires en souffrance qu'elle avait complètement négligées, par exemple. Elle ouvrit le tiroir de son bureau où se trouvait la photo de famille des Fox après leur passage à tabac. En examinant le cliché, elle identifia Jack Fox, le frère de Paul. Pas étonnant qu'il soit furieux.

Il y avait aussi l'argent que Paul lui avait envoyé et auquel elle n'avait pas encore touché. Lydia n'en appréciait peut-être pas la provenance ni la raison, mais elle était réaliste. Elle avait dressé une liste du matériel nécessaire pour Crow Investigations, y compris une nouvelle voiture. Elle avait déclaré le vol de la Volvo et attendait le remboursement de l'assurance. Quand il arriverait, elle devrait compléter la somme pour obtenir quelque chose de convenable. En conséquence, elle préleva une poignée de gros billets et remit le reste en place. Après quoi, elle se rendit dans le magasin où elle se procurait son matériel de sécurité. Elle remplaça ses jumelles, perdues avec la voiture, et investit dans des équipements de surveillance : un micro espion astucieusement dissimulé dans une prise électrique et un mouchard coûteux à fixer sous un véhicule pour le suivre en temps réel.

Le gérant mentionna une promotion sur des disques durs cryptés. Alors qu'il discourait sur la protection des données personnelles des clients, Lydia décrocha, non par désintérêt pour la vie privée et la législation qui l'encadrait, mais parce que le disque dur externe lui rappela son vieil ordinateur portable et l'importance de sauvegarder ses données. Elle se dit qu'elle aurait besoin d'une machine plus puissante avec une plus grande capacité de mémoire, ce qui, par association d'idées, lui rappela Jason. Si elle utilisait l'argent de Paul pour s'offrir un ordinateur haut de gamme, elle pourrait donner l'ancien à son fantôme. Il coordonnait mieux ses mouvements à présent, et Internet lui permettrait de s'évader sans fusionner physiquement avec elle. Peut-être pourrait-il s'adonner également à sa passion pour les calculs ou trouver un forum de matheux avec qui échanger ? Et même s'il risquait de tomber sur un site porno, étant condamné à la solitude éternelle, quelques vidéos olé olé pourraient lui remonter le moral. Elle n'avait pas à le juger.

Après avoir configuré le nouvel ordinateur, elle réinitialisa l'ancien et l'emporta dans la chambre de Jason. Debout dans un coin, il fixait le mur d'un œil morne, les bras ballants.

— J'ai un petit cadeau pour toi, dit-elle en posant l'ordinateur sur le lit.

La transformation fut instantanée. Jason passa de l'air de chien battu à celui de chiot excité, et elle dut le supplier de la lâcher au risque de mourir d'hypothermie.

— Désolé. Oui. D'accord.

— Je vous laisse faire connaissance. Appelle-moi en cas de besoin.

CHAPITRE VINGT-SIX

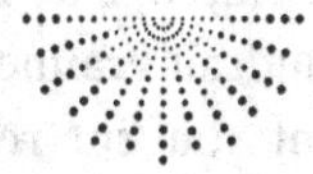

Le lendemain, Lydia dormit tard. Elle n'avait aucune affaire urgente à traiter et n'attendait pas de nouvelles de Fleet non plus. Il lui avait clairement fait comprendre qu'il devait prendre ses distances dans un sens « purement pratique ». Une autre phrase inquiétante lui trottait dans la tête : « Nous devrions réduire les contacts physiques et cesser de communiquer par des moyens facilement traçables ».

Elle alla voir Jason qu'elle trouva penché sur son nouvel ordinateur, les rideaux tirés. Il leva les yeux, la lueur de l'écran illuminant son visage dans la pénombre de la pièce, et lui sourit d'un air béat. Quelqu'un au moins était heureux. Et cela lui permettait d'oublier Amy.

Après une douche, elle se préparait une tasse de café insipide dans la kitchenette, quand elle entendit frapper à sa porte avec insistance.

C'était Fleet et elle comprit immédiatement que quelque chose n'allait pas. Il portait un costume, mais n'était pas rasé et avait l'air hagard.

— Nous avons un problème, dit-il sans préambule.

— N'est-ce pas toujours le cas ?

— Je suis sérieux. Le MIT est sur le point de t'arrêter. Ils te soupçonnent de la mort de Marty et tout le monde est très excité. Ils attendent les directives du Parquet qui ne sauraient tarder.

— C'est insensé ! s'exclama Lydia, en proie à une rage qu'elle avait du mal à contenir. Si je l'avais tué, pourquoi aurais-je demandé à un employé de la TLF de me conduire auprès du cadavre ? Il faudrait vraiment être stupide !

— Les tueurs aiment souvent revenir sur les lieux du crime. Ils ont soif de gloire.

— Est-ce qu'ils emmènent un témoin avec eux ?

Fleet haussa les épaules.

— En règle générale, non. Mais certains attendent la police derrière le ruban jaune, comme un simple badaud curieux.

— Comment ça ?

— Pour profiter du spectacle. Savourer les conséquences. Et cela au nez et à la barbe des flics qui vont s'évertuer à les coincer. Ça leur donne un sentiment de puissance, enfin je crois.

— C'est du grand n'importe quoi.

— Les assassins ne sont généralement pas réputés pour leur intelligence, contrairement à ce que les séries télévisées voudraient nous faire avaler. La plupart des gens tuent sous le coup d'une impulsion, et ne pas pouvoir se contrôler est souvent lié à un déficit intellectuel.

— Il y a des exceptions.

— Bien sûr. Les psychopathes sont plus susceptibles d'avoir une intelligence supérieure à la moyenne. Mais là encore, ce n'est pas aussi fréquent qu'on pourrait le croire. N'est pas Sherlock qui veut.

Lydia leva la main.

— Je ne suis pas psychopathe. Je le jure.

— Ce n'est pas drôle, Lyds. Ils vont t'arrêter. Peut-être même aujourd'hui.

Lydia passa par différentes étapes. Sa colère s'était dissipée, remplacée par le déni. Ce qui arrivait n'était tout simplement pas possible.

— Tu n'étais pas censé me le dire.

— Absolument. Ne m'oblige pas à le regretter.

— Tu m'encourages à prendre la fuite ? C'est indigne d'une Crow.

Fleet ferma brièvement les yeux.

— S'il te plaît, file.

— Je ne peux pas. Et puis ça ternirait ta réputation. Ils savent qu'on se connaît. Nous avons eu beau être discrets, quelqu'un est au courant. Ils penseront que tu m'as avertie.

— Je m'en fiche.

— Moi pas. D'autant que je ne suis pas coupable. Je ne m'enfuirai pas.

— C'est grave. Je ne pourrai rien faire pour toi.

— Je comprends, dit Lydia.

Son cerveau engourdi semblait fonctionner au ralenti. Submergée par la honte, elle mit un certain temps avant de comprendre dans quel pétrin elle s'était fourrée. Comment elle, une Crow, avait-elle été assez bête pour faire confiance à un Fox ? Dire que, pendant tout ce temps, Paul l'avait manipulée, qu'il s'était moqué d'elle. Il lui avait tendu un piège et elle y était tombée à pieds joints. Dans la fable d'Ésope, le renard flatte le corbeau pour qu'il ouvre son bec et se mette à chanter, afin qu'il lâche le savoureux morceau de fromage qu'il transporte. Lydia avait été flattée de travailler pour Paul, s'imaginant qu'il l'avait sollicitée parce qu'elle était douée et qu'il admirait sincèrement ses talents d'enquêtrice. Elle était d'une naïveté confondante.

— Et ne te gêne pas pour le dire, ajouta-t-elle.

Debout devant la fenêtre, Fleet surveillait la rue, l'air tendu.

— Dire quoi ?

— Que tu m'avais prévenue, compléta Lydia en se

servant un whisky qu'elle avala d'un trait. Tu avais raison. Il fallait être débile pour faire confiance à Paul Fox.

— C'est sans importance pour le moment. Tu dois te cacher dans un endroit sûr. Une fois l'équipe arrivée, je devrai faire mon boulot.

Lydia se sentait glacée, malade et insignifiante. Comment avait-elle pu être aussi aveugle et se laisser prendre au jeu de Paul ?

Fleet faisait les cent pas, une main sur le front. Son téléphone vibra et, quand il consulta le message, son expression suffit à arracher Lydia à sa torpeur et son auto-apitoiement.

— Qu'y a-t-il ?

— Ils arrivent, répondit-il d'une voix blanche.

Lydia éteignit son ordinateur et rangea les papiers qui encombraient son bureau.

— Très bien. J'emporte ma brosse à dents ?

— C'est très sérieux. Je ne peux plus rien pour toi.

— J'en suis consciente. Mais pourquoi ne pas t'en charger toi-même ? À moins que tu n'aies besoin de renforts ?

— Ne rends pas les choses plus difficiles, je t'en prie.

Les yeux de Fleet étaient incroyablement tristes, mais il ne lèverait pas le petit doigt pendant que ses collègues la feraient monter dans leur voiture.

On entendit des pas dans l'escalier. L'alarme prévint Lydia de ce qu'elle savait déjà. Elle la déconnecta et saisit son blouson, suspendu sur le dossier de son fauteuil.

Des silhouettes se profilèrent derrière la vitre cannelée, puis on entendit cogner sur l'encadrement de la porte.

Fleet ouvrit le battant.

— Ce n'est pas nécessaire, dit-il.

Il lui bloquait la vue de sorte que Lydia se prit à imaginer un jeune novice équipé d'un bélier flambant neuf, impatient de mettre en pratique les compétences fraîchement acquises lors de sa récente formation.

Deux policiers en uniforme et gilets pare-balles apparurent et se déployèrent comme s'ils se préparaient à une fouille en règle. Une agente en civil déclina son identité, que Lydia eut tôt fait d'oublier, avant de lui expliquer qu'ils disposaient d'un mandat d'arrêt et souhaiteraient avoir son consentement avant de perquisitionner son appartement.

— Non, dit Lydia. Je préfère attendre le document.

— Nous vous serions reconnaissants de coopérer, cela jouera en votre faveur…, commença l'inspectrice.

Fleet l'interrompit et lui récita ses droits, que Lydia connaissait grâce à la télévision, au cinéma et aux livres. C'était surréaliste. Son amant débitait : « Vous n'êtes pas obligée de dire quoi que ce soit, mais cela pourrait nuire à votre défense si… », et elle n'y comprenait rien.

La dépouille du corbeau, attachée à la balustrade de la terrasse, lui revint en mémoire.

— Vous allez me passer les menottes ? questionna-t-elle, paniquée.

— Pas si je peux l'éviter.

Les policiers en uniforme tournèrent la tête dans un bel ensemble pour le dévisager. On aurait dit une danse bizarre. Lydia réprima un rire nerveux.

— C'est inutile, lança Fleet à la cantonade. Vous voulez bien obtempérer, n'est-ce pas ? ajouta-t-il à l'intention de Lydia.

Elle acquiesça en silence de peur que sa voix ne la trahisse.

En sortant, elle aperçut Jason debout devant la salle de bains, à moitié dissimulé par le battant entrouvert que l'un des policiers considéra avec étonnement. (Lydia songea que la porte devait être fermée à son arrivée.) Elle faillit lui faire un signe ou dire quelque chose, mais elle se ravisa et se borna à croiser son regard pour lui signifier que tout allait bien.

Traverser le restaurant fut un véritable supplice. Lydia eut beau regarder droit devant elle, elle percevait du coin de l'œil les expressions avides des clients durant leur repas. Voilà une anecdote croustillante dont ils feraient leurs choux gras : « Je déjeunais dans un bistrot et voilà que la police a débarqué dans la salle pour arrêter une bonne femme. » Angel, la mine catastrophée, tenait son portable à la main. Elle allait sans doute appeler Charlie. C'était probablement une bonne chose.

Il faisait froid dehors et Lydia se félicita d'avoir pris un vêtement. On la fit monter dans une voiture, escortée par les deux policiers.

— Je vous suis, annonça Fleet.

Lydia évita de le regarder.

Au commissariat, l'officier de police judiciaire l'enregistra et procéda à son identification tout en discutant avec ses collègues, comme si elle était invisible, entre deux questions portant sur la consommation de drogue et les tendances suicidaires. La cellule de détention, la salle d'attente, ou quel que soit son nom, était aussi déprimante que prévu. Un lit dur avec une couverture. Des murs vides. L'air semblait transpirer la terreur et le désespoir avec une dose morbide de vomi rance et de désinfectant parfumé au pin.

Lydia s'assit en tailleur sur le lit, les yeux clos. Elle devait se concentrer sur sa respiration pour maîtriser sa panique, oublier la porte verrouillée, les locaux d'une effroyable banalité, les procédures, la paperasse et le système carcéral qui l'avait engloutie. Elle était impuissante. Il ne lui restait plus qu'à espérer que le système la recracherait au plus vite.

On lui avait proposé de passer un appel téléphonique, ce qu'elle avait décliné, certaine qu'Angel informerait Charlie.

De toute façon, la seule autre personne qu'elle aurait pu prévenir était Fleet. Lequel se trouvait dans son bureau quelque part dans ce bâtiment. Peut-être était-il en train de boire un café en plaisantant avec ses collègues ?

On ne l'avait pas inculpée, ce qui signifiait qu'ils disposaient de vingt-quatre heures pour le faire ou la relâcher. La police n'avait pas pour habitude de vous arrêter, fouiller votre domicile et prélever un échantillon d'ADN sans raison valable, alors qu'elle était en sous-effectif. Ce n'était pas une simple tentative d'intimidation, inutile de se mentir.

Quand, un peu plus tard, un agent entrouvrit le guichet de la porte pour vérifier qu'elle n'avait pas besoin d'aller aux toilettes ou de se désaltérer, elle entendit quelqu'un crier et gémir dans l'une des cellules voisines. Le sentiment d'être piégée s'accrut, décuplé par une brusque montée d'adrénaline.

— Je voudrais passer mon appel maintenant, si cela ne vous dérange pas.

— Pas de problème, répondit l'OPJ qui lui fournit une escorte jusqu'au bureau.

Il s'éloigna pour respecter l'intimité requise par la loi, ce que Lydia jugea insuffisant. Elle sentit ses genoux se dérober en entendant la voix de Charlie, quand il décrocha à la deuxième sonnerie.

— Je m'en occupe, dit-il. C'est un peu délicat, vu la façon dont ça se passe avec les Silver. Ce sont les meilleurs juristes, mais nous ne sommes pas vraiment en bons termes en ce moment.

Lydia ferma les yeux, s'abstrayant du commissariat comme si elle était de retour à *The Fork*.

— Je sais, mais nous avons notre propre avocat, n'est-ce pas ?

— Bien sûr. Seulement, ce n'est pas si simple.

Lydia ouvrit les yeux et fixa un chlorophytum famélique,

posé sur un classeur derrière le bureau. Il avait l'air mal en point et avait bien besoin d'être épousseté.

— Que veux-tu dire ?

— Être ou ne pas être, Lyds, toute la différence est là.

— Donc, tu ne m'aideras que si je me mouille ?

— Tu m'as mal compris. Je me borne à préciser qu'il y a une différence. Voyons, Lydia, tu n'es plus une enfant.

Charlie restait campé sur ses positions, inébranlable, même si à l'évidence, ce n'était pas de gaieté de cœur.

— J'accepte. Maintenant, fais-moi sortir d'ici, bon sang de bonsoir !

CHAPITRE VINGT-SEPT

On lui avait confisqué son téléphone et elle ne portait pas de montre. Ne pouvant estimer les fluctuations du jour dans la pièce sans fenêtre, Lydia n'avait aucune idée du temps écoulé. Elle croyait entendre un corbeau croasser, ce qu'elle attribuait à des hallucinations causées par la panique. Elle ignorait pourquoi elle réagissait si mal au fait d'être enfermée, sans lumière naturelle, comme si elle était enterrée vivante. Et si quelque chose clochait dans son ADN, héritage du patrimoine familial ? En tout cas, elle ne passerait pas la nuit dans ce trou et encore moins en prison.

La porte s'ouvrit et on la conduisit dans une salle d'interrogatoire, pompeusement appelée « salle de consultation 4 ». On se serait cru dans un hôpital. Peut-être que toutes les institutions utilisaient la même signalétique ? Dans le but de semer la confusion ou de calmer les esprits ? Une policière en uniforme, arborant un chemisier blanc impeccable et une queue de cheval haute lui offrit une tasse de thé avec un sourire. Sa gentillesse émut Lydia aux larmes. Terrifiée, elle sentit ses ailes battre désespérément. C'était une réaction instinctive, viscérale qu'elle était incapable de contenir. Un autre pan de son précieux contrôle lui échappait.

Patienter dans la salle d'interrogatoire n'arrangeait rien. Les murs gris semblaient se refermer sur elle. La table en faux hêtre flanquée de deux chaises en vis-à-vis, avec un imposant magnétophone branché à une prise murale, évoquait un décor de cinéma. La scène lui semblait étrangement familière – elle l'avait vue dans une centaine de séries policières –, et en même temps, unique, différente et terriblement réelle. Apposé au mur, un macaron vantait un produit de marquage codé SmartWater, un concept qui lui était complètement étranger. Une odeur de nourriture flottait dans l'air, peut-être du bœuf haché, ce qui lui rappela la cantine scolaire et lui retourna l'estomac.

— Nous allons bientôt commencer, annonça la policière sympathique. Désolée pour le retard. Nous attendons votre représentant légal.

Lydia avait eu la possibilité d'être assistée d'un avocat-conseil, suggestion qu'elle avait déclinée. L'OPJ lui avait également proposé un avocat commis d'office, indiquant d'un geste une porte derrière laquelle se trouvait peut-être un juriste zélé en grande conversation avec un délinquant, innocent ou non, à moins qu'il ne soit en train d'avaler un déjeuner tardif. Comment savoir ?

Lydia se demanda vaguement si, à force d'attendre l'avocat inexistant, le délai de vingt-quatre heures ne serait pas écoulé. Après quoi, s'ils ne l'avaient pas inculpée, ils devraient la relâcher. Libérée pour vice de procédure. Une erreur administrative. Comme Maria Silver, sauf qu'elle, Lydia Crow, était innocente. Du moins de ce crime-là. Les pensées se bousculaient dans sa tête, rythmées par la terreur.

Durant les cinq minutes suivantes, Lydia répondit par monosyllabes aux efforts de conversation de la charmante policière. Ce n'était pas délibéré, mais elle avait l'impression qu'un poids énorme l'oppressait et avait du mal à respirer.

On frappa à la porte et un agent en uniforme interpella l'officier.

— Excusez-moi, dit-elle à Lydia. Ça ne devrait plus être long. Désirez-vous un biscuit ou autre chose ?

Vraiment chouette, cette flic, songea Lydia. Est-ce qu'elle partait pour laisser la place à son méchant collègue ? Ou allaient-ils lui envoyer Fleet ? Son amant si doué au lit et à l'éthique douteuse. Elle perdait pied.

Une fois l'agente partie, Lydia s'adossa à sa chaise, résolue à se reprendre en main. Elle devait arrêter de tourner en rond et réfléchir sérieusement. Paul Fox l'avait piégée depuis le début, mais pour quelle raison ? Et comment s'y était-il pris ? Elle se remémora ses conversations, chacun de ses gestes depuis qu'elle avait ouvert cette satanée enveloppe matelassée.

La porte s'ouvrit de nouveau, mais elle ne réagit pas. Elle revivait le moment où elle avait fouillé la planque de Marty, essayant de déterminer lesquels de ses actes auraient pu l'incriminer ou être interprétés en sa défaveur.

— Lydia Crow, c'est toujours un plaisir.

Elle leva la tête tandis que ses sens étaient assaillis par l'étrange pouvoir qui émanait du livreur.

— Vous ?

Il sourit et Lydia éprouva la chaleur qui l'avait envahie quand il l'avait soignée. Instantanément, elle crut ressentir le contact de ses doigts et baissa le regard pour vérifier qu'il n'avait pas posé la main sur elle.

Ses dents et ses yeux étincelaient et l'éclairage au néon ne parvenait pas à atténuer l'éclat de sa peau. Elle avait l'impression que la puissance irradiant de sa personne s'était amplifiée depuis leur dernière rencontre, à moins qu'elle ne soit plus vulnérable ; elle avait le cœur au bord des lèvres.

— Pardonnez-moi, dit-il, comme s'il était conscient de l'effet qu'il produisait. On est un peu à l'étroit ici. Et vous devez être fatiguée.

Il prit une chaise et s'assit avec la plus grande décontraction.

— Vous êtes de la police ? réussit-elle à articuler.

— Ils disposent d'éléments accablants à votre encontre, des déclarations de témoins suggérant des menaces répétées envers le défunt, ainsi qu'un mobile pour lui nuire. De plus, ils ont trouvé à votre domicile des preuves qui n'ont pas encore été divulguées.

Ce n'était pas une réponse.

— Quelles preuves ?

— Un téléphone portable. Un appareil jetable utilisé à plusieurs reprises pour communiquer avec Marty Benson avant sa mort. Ils vont monter un dossier à charge contre vous, insinuant que vous avez harcelé le défunt, qui était psychologiquement vulnérable, et que vous l'avez attiré dans un tunnel avec l'intention de le molester.

— Quel téléphone ? Je n'ai jamais parlé à Marty Benson, si vous voulez le savoir.

Lydia s'efforça de maîtriser son vertige en respirant calmement. Elle devait garder la tête froide en attendant l'intervention de Charlie. Elle le voyait arriver juché sur un corbeau, ses tatouages s'animant sur sa peau et ses yeux glacés brûlant d'une flamme vengeresse. C'était un spectacle réconfortant. Un avocat compétent, vêtu d'un costume taillé sur mesure, serait tout aussi rassurant. Évidemment pas un membre de la famille Silver, vu les récents événements, mais les Crow devaient sûrement avoir d'autres contacts.

— Des éléments probants font état de nombreux appels que vous avez passés à Marty depuis le Nokia retrouvé chez vous. Leur durée varie, mais ils suggèrent clairement un harcèlement.

Lydia s'efforça d'assimiler ces informations. Elle n'avait pas trouvé de téléphone sur le corps sans vie de Marty, et Fleet n'y avait pas fait allusion non plus. C'était une folie de penser qu'il aurait pu lui cacher une preuve aussi cruciale, surtout après les conversations approfondies qu'ils avaient eues pour identifier Marty. Bien sûr, la panique pouvait engendrer la paranoïa, mais le doute subsistait. Si elle s'était méprise sur Paul Fox, avait-elle aussi mal jugé Fleet ?

— Où était le téléphone de Marty ? s'enquit-elle. Celui que je suis censée avoir appelé avec le jetable, qui a été dissimulé chez moi ? J'ai fouillé son domicile et je n'ai rien trouvé du tout.

Elle se demanda s'il serait avisé de reconnaître qu'elle s'était rendue au cabaret de Cable Street pour chercher Marty ou sa clientèle de toxicos, mais cela avait-il vraiment une importance ? Après tout, Fleet l'avait accompagnée. Et Alex n'avait pas hésité à la balancer dans la Tamise, pieds et poings liés.

— Ou bien vous avez trouvé un téléphone et vous vous en êtes débarrassée, sachant qu'il pourrait vous compromettre ? Vous saisissez le principe ?

La sensation de nausée s'atténuait et Lydia sentait ses neurones se réveiller.

— N'êtes-vous pas censé vous présenter avant un interrogatoire ? lança-t-elle. Nom, grade, numéro d'immatriculation ? Tous vos collègues se sont prêtés au jeu.

Il sortit de la poche de son jean un stylo et un bloc-notes et griffonna quelques mots.

— Inutile de dire que « c'est un piège », commença-t-il. Je sais que vous n'êtes pas coupable et que le portable conservé dans un carton là-bas ne vous appartient pas.

Lydia serra fermement sa pièce en respirant par à-coups. Elle n'avait plus mal au cœur, constata-t-elle, soulagée. Mais à la nausée s'était substituée une grande confusion.

— En fin de compte, c'est plutôt pratique, poursuivit-il. Je mentirais si je prétendais que votre situation actuelle ne présente aucun avantage. J'appartiens à une division qui s'intéresse de près aux Familles et à leurs capacités. La NCA et le MI5 sont obnubilés par les Crow, leurs antécédents, les services rendus, leur influence, les manigances et tout l'univers mafieux. Mon équipe est réduite, élitaire, et notre mission est très différente. Pouvez-vous deviner laquelle ?

Lydia secoua la tête.

— Éclairez-moi.

Il sourit et Lydia s'obligea à rester impassible. Sa pièce commençait à faire son effet et elle sentait qu'elle recouvrait son équilibre. La présence de cet homme la rendait physiquement malade, comme si elle était prise de vertige, la vision floue, sur des montagnes russes. Mais à mesure qu'elle s'habituait à la sensation, aidée par la pièce incrustés au creux de sa paume, elle parvenait à identifier ses impressions. Elle croyait distinguer la lueur vacillante d'une bougie et le goût du sel sur sa langue. Elle se concentra et surprit des éclairs d'or, des matières soyeuses qui se déployaient en ondulant, et perçut un grondement qui aurait pu provenir de la mer. Elle chercha à saisir des images fugitives, mais son interlocuteur avait repris la parole, ne lui facilitant pas la tâche.

— Des légendes circulent, dit-il. Des mythes. Des contes populaires. Un mélange de faits historiques et de demi-vérités, d'événements déformés.

— Seriez-vous en train d'affirmer qu'il existe un service de police dédié aux contes de fées ?

— Mon travail consiste à enquêter sur les questions qui ne sont pas du ressort des autres organismes gouvernementaux.

— Vos collègues savant-ils que vous possédez un don de guérison ? Ils pourraient vous ajouter à cette liste.

Il afficha un large sourire.

— C'est une drôle d'accusation que vous portez là. Vous semblez avoir l'imagination débordante. Enfin… c'est justement le problème, n'est-ce pas ? L'environnement dans lequel vous avez grandi, vos compétences et vos connaissances sont totalement déplacées ici. (Il désigna la pièce sinistre d'un geste). J'imagine que vous vous êtes toujours débrouillée pour éviter des endroits comme celui-ci.

Lydia haussa les épaules.

— C'est pareil pour tout le monde, non ? Qui prévoirait de se faire arrêter, de toute façon ?

— La question est de savoir ce que vous allez devenir désormais. Si la vie vous donne des citrons, faites-en de la citronnade, comme on dit.

— Je n'ai jamais compris ce proverbe. Personnellement, j'aime bien les citrons, mais la citronnade, ce n'est vraiment pas mon truc.

— Vous me plaisez. Et nous avons beaucoup en commun, je crois. Sachez que je ne suis pas votre ennemi.

Ces mots lui semblaient être des clichés à force de se les entendre rabâcher ces derniers temps, songea Lydia, agacée.

— Vous êtes mon ami, c'est ça ?

— C'est l'idée, en effet.

Soudain tout devint clair et elle sentit son estomac se contracter.

— Vous me proposez un marché ?

Il opina.

— Une offre unique. Quand j'aurai franchi cette porte, ce ne sera plus une option. Je vous laisserai entre les mains compétentes de la justice. Bien sûr, vous pourrez toujours essayer de vous défendre, mais le CPS, le Ministère public, examinera la validité de la procédure et confirmera les charges retenues contre vous. Vous ne pourrez pas être libérée sous caution, car il y a eu mort d'homme. N'importe comment, vous allez passer un bon bout de temps derrière les barreaux.

Lydia sentit un frisson glacé lui parcourir l'échine, mais refusa de céder à la panique. Elle plongea son regard dans celui de son interlocuteur.

— Je suis innocente. Et de toute façon, je serai probablement dehors d'ici quelques heures.

— Peut-être, rétorqua-t-il d'une voix posée, sans moquerie apparente.

Elle comprit qu'il en doutait, mais ne voulait pas la contrarier. Ce qui, d'une certaine manière, était plus accablant qu'une hostilité ouverte.

— Qu'attendez-vous de moi ?

— Je vous l'ai dit. Votre amitié.

— Qu'entendez-vous par là au juste ?

— Les amis partagent.

— Pas moi. Tout le monde vous le dira.

Il sourit.

— Des amis intimes, alors. Quelqu'un à qui vous pouvez vous confier, parler de votre job, de vos conversations, de votre famille.

— Non.

— Et des autres ? Paul Fox, les Silver, les Pearl ?

Il avait raison, entendre prononcer ces noms dans cet espace lugubre était incongru. Effrayant. Paul Fox l'avait trompée, par conséquent, ni lui ni ses frères ne pouvaient espérer compter sur sa loyauté.

— Je ne trahirai pas ma famille.

— Les Crow filent droit désormais, n'est-ce pas ? Dans ce cas, vous n'avez rien à craindre.

Lydia ne daigna pas répondre.

— Vous espérez voir votre oncle débarquer pour vous libérer, mais en réalité, il n'en a pas la possibilité. Du moins, je ne le crois pas. Je peux me tromper, mais je pense honnêtement que ma proposition est votre meilleure option. Qu'en dites-vous ? ajouta-t-il en se levant.

Lydia secoua la tête.

Il semblait déçu, mais pas surpris.

Elle s'attendait à ce qu'il insiste davantage et réfléchissait encore à l'étrange sincérité de ses propos, tandis qu'il se dirigeait vers la sortie. Cette phrase : « Je peux me tromper ». Il avait probablement été formé à convaincre des innocents, pourtant elle sentait qu'elle tombait dans le panneau.

— Vous me demandez de me fier à vous, alors que je ne connais même pas votre nom, dit-elle pour gagner du temps.

Il s'immobilisa et se retourna.

— Si je vous donnais un nom, ce serait mentir, or j'aimerais gagner votre confiance.

Lydia était perdue. Elle avait eu foi en Paul Fox et il l'avait piégée. Elle refusait de penser à Fleet, c'était trop douloureux. Ce tout jeune homme l'avait guérie et aidée sans rien exiger en retour. Pas encore.

— Et vous pensez y parvenir grâce à votre franchise ?

— C'est votre dernière chance, fit-il, la main sur la poignée de la porte.

— J'accepte de vous fournir quelques informations. Mais je ne trahirai pas ma famille. Jamais. C'est à prendre ou à laisser.

Il sourit.

— D'accord. On tope là ?

Lydia se leva et lui tendit la main, où elle avait dissimulé sa pièce de monnaie.

Quand il la serra, elle perçut un tintement. Il cachait lui aussi quelque chose dans sa paume. Ce n'était pas une pièce appartenant aux Crow ni aux Silver. Leurs regards se croisèrent. Le sien était sérieux et le vieillissait de dix ans.

Lydia avait la pénible impression d'avoir commis une erreur, tandis qu'il tournait les talons et ouvrait la porte. Il ne la referma pas et une voix féminine s'éleva de l'une des salles de « consultation » voisines. Un chapelet de jurons s'acheva par un gémissement.

« Je ne veux pas rester ici ».

Et moi donc, pensa Lydia. Erreur ou pas, elle savait qu'elle recommencerait si l'occasion se présentait.

. . .

Elle dut se soumettre à la procédure inverse : on l'enregistra, on lui rendit son blouson avec ses Dr. Martens, et elle signa un tas de documents. Fleet n'était visible nulle part et elle ne savait pas si elle devait être soulagée ou non. En consultant l'horloge accrochée à l'accueil, elle fut surprise de constater qu'elle avait passé presque toute la nuit au poste. Elle avait l'impression qu'une semaine s'était écoulée.

Une fois à l'extérieur, hors de portée des caméras de surveillance, elle s'arrêta et respira à fond. Il était tôt, pas encore 7 heures du matin, et le soleil venait de se lever. Un joggeur qui s'apprêtait à courir dans Camberwell Green la dépassa à grande allure, les écouteurs enfoncés dans les oreilles. Le ciel au-dessus du tribunal se teintait de lavande, de citron et d'or rose. Lydia s'avança sur la pelouse et ôta ses chaussures qu'elle n'avait pas pris la peine de lacer, tant elle avait hâte de retrouver la lumière et l'air pur. Elle retira ses chaussettes et foula le sol de ses pieds nus, remuant les orteils comme John McClane dans *Piège de cristal*.

Mieux valait penser à des films, à l'odeur des gaz d'échappement qui lui montaient aux narines et à la fraîcheur de la terre sous ses pieds plutôt qu'aux dernières vingt-quatre heures. Un peu plus tard, elle remit ses chaussettes et laça ses boots. Il était temps de rentrer à la maison.

Elle aperçut de loin les lumières du restaurant qui éclaboussaient le trottoir. *The Fork* était bondé. À travers les baies vitrées donnant sur la rue, elle reconnut sa tante Daisy, oncle John, des cousins qu'elle n'avait pas vus depuis des années, ses parents assis devant une fenêtre et oncle Charlie qui faisait les cent pas entre les tables et les chaises. Angel lui ouvrit la porte et lui offrit un demi-sourire aimable.

— Un café ?

— Volontiers, merci, répondit Lydia, surprise par cet accueil.

Dès qu'elle entra dans la salle, le volume des conversations monta d'un cran, créant un brouhaha de questions et d'exclamations. Elle se dirigea vers ses parents qu'elle embrassa rapidement. Jason se tenait près de la porte menant aux toilettes et à l'étage où il logeait. L'air un peu plus éthéré que d'habitude, il haussa les sourcils en guise de salut. Lydia éprouva un grand soulagement, à la mesure de l'inquiétude qu'elle avait ressentie à l'idée de l'abandonner. Elle ignorait combien de temps il pourrait survivre loin d'elle et n'avait aucune envie de tenter l'expérience. Elle lui sourit et il hocha la tête avant de disparaître. Sans doute pour retourner à son cher ordinateur.

Elle avait appelé Charlie sur le trajet du retour et n'avait aucune idée de la façon dont il s'y était pris pour réunir tout le monde si vite. Il fronça les sourcils quand elle lui en fit part.

— Nous avons passé la nuit à essayer d'élaborer un plan d'action en attendant l'avocat. John a un bon contact, mais il ne pouvait pas arriver avant... (Il s'interrompit pour consulter sa montre)... 9 heures. Je ferais bien de le prévenir. Tu veux t'en charger ? demanda-t-il à son beau-frère.

Oncle John acquiesça et se dirigea dans un angle de la salle, près de la porte de la cuisine, son portable à la main.

Charlie serra Lydia contre lui dans une étreinte réconfortante.

— Comment t'es-tu débrouillée ? lui souffla-t-il à l'oreille.

Elle se dégagea et se tourna vers l'assistance.

— Merci à tous d'être là et de me soutenir. J'apprécie vraiment. Ils m'ont relâchée sans m'inculper, probablement parce qu'ils n'avaient aucune preuve et que le témoin s'est rétracté. Ou alors ils ont appris qu'il s'apprêtait à le faire. Quoi qu'il en soit, c'est terminé.

— Pour l'instant, intervint Charlie. Ils ont arrêté une Crow. Il y aura des conséquences.

— Non, répliqua Lydia.

Les bavardages cessèrent. Lydia examina les visages, certains familiers, d'autres moins, et sentit la présence des Crow propre à ces grandes réunions familiales. Elle se rappelait cette sensation depuis son enfance, mais elle lui paraissait encore plus intense. Ses sens étaient en ébullition et son sang bouillonnait dans ses veines. Chaque détail lui paraissait exacerbé, du sac à main Mulberry de Daisy aux bouteilles de ketchup et de sauce HP à la disposition des convives, en passant par les tatouages sur les avant-bras de Charlie.

Elle se percha sur une table au centre de la salle, les pieds sur une chaise. Elle devait peser ses mots, sinon Charlie retournerait la situation à son avantage. Sa mère avait raison. Si elle ne prenait pas les choses en main, la Famille la dévorerait toute crue.

— Écoutez-moi, enchaîna-t-elle. La police est le cadet de nos soucis.

Charlie ouvrit la bouche, mais Lydia le fit taire d'un geste. Des ondes d'énergie émanaient d'elle, elle les sentait vibrer dans l'air, captivant l'assemblée comme par une sorte de sortilège. Charlie resta silencieux, l'air plus surpris que jamais.

Elle balaya la salle d'un coup d'œil circulaire, captant tous les regards.

— Permettez-moi de vous raconter une histoire..., commença-t-elle avec un sourire rassurant.

FIN

REMERCIEMENTS

J'ai la grande chance d'être entourée par des personnes qui m'aiment et comprennent ma passion pour l'écriture. Leurs encouragements sincères ou habilement feints m'aident à surmonter les inévitables défis du processus créatif.

Je suis très touchée par la fidélité de mes chers lecteurs, grâce à qui je peux continuer à écrire et à publier. Sans vous, exercer ce métier serait impossible. J'adore ce que je fais et je vous en serai éternellement reconnaissante – un grand merci à vous tous !

Un merci chaleureux à mes fantastiques collègues et amies : Clodagh Murphy, Hannah Ellis, Keris Stainton, Nadine Kirtzinger et Sally Calder. Ce sont votre soutien et votre amitié qui rendent cette aventure littéraire si enrichissante.

Mes amis « moldus » méritent une médaille. Je disparais pendant des mois à chaque nouveau manuscrit et, lorsque je refais surface, je n'ai que mon intrigue et les arcanes de l'édition à la bouche. Votre patience et votre compréhension me sont très précieuses et je vous en suis infiniment reconnaissante. Une pensée affectueuse à Catherine Shellard, Lucy Golden-Taylor et Emma Ward.

Je tiens également à exprimer ma gratitude à ma famille pour son soutien indéfectible. Merci à mon père, Michael, à mes beaux-parents, Christine et Chris, ainsi qu'à Matthew, Fay, Bea, Alex, Angela et Simon.

Ce livre n'aurait pas vu le jour sans le dévouement de mon éditrice, de mon infographiste, qui en a conçu la couverture, de mes premiers lecteurs et de ma merveilleuse équipe, qui a partagé ses retours. Merci de tout cœur.

Un merci spécial à Beth Farrar, Karen Heenan, Melanie Leavey, Jenni Gudgeon, Paula Searle, Ann Martin, Judy Grivas, Deborah Forrester et David Wood.

Ma gratitude va également à Holly et James pour leurs excellents conseils et leurs encouragements. Vous êtes merveilleux !

Et enfin, à mon Dave chéri, mon amour pour toi ne cesse de croître.

À PROPOS DE L'AUTEUR

Avant d'écrire des romans, Sarah était journaliste indépendante pour des magazines, blogueuse et rédactrice, combinant cette « carrière » avec celle de puéricultrice dilettante (autrement dit, mère de famille).

Elle vit dans la campagne écossaise avec son mari et ses enfants, boit des litres de thé, adore l'œuvre de Joss Whedon et dirige un atelier d'écriture.

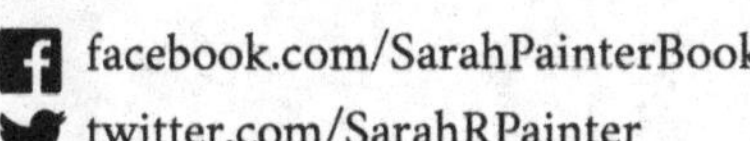

facebook.com/SarahPainterBooks
twitter.com/SarahRPainter
instagram.com/SarahPainterBooks